Edgar Allan Poe

O gato preto
e outras histórias

Tradução e adaptação de
Ricardo Gouveia

Ilustrações de
Lelis

Gerente editorial
Sâmia Rios

Editora
Maria Viana

Editor assistente
Adilson Miguel

Revisora
Nair Hitomi Kayo

Editora de arte
Marisa Iniesta Martin

Diagramador
Jean Claudio da Silva Aranha

Programador visual de capa e miolo
Didier Dias de Moraes

Traduzido e adaptado de "The Black Cat", "The Fall of the House of Usher", "The Pit and the Pendulum", "The Tell-Tale Heart", "The Masque of the Red Death", "The Oval Portrait" e "The Cask of Amontillado", extraídos de *The Complete Tales and Poems of Edgar Allan Poe*. Londres: Penguin Classics, 1982.

editora scipione

Av. Otaviano Alves de Lima, 4400
Freguesia do Ó
CEP 02909-900 – São Paulo – SP

ATENDIMENTO AO CLIENTE
Tel.: 4003-3061

www.scipione.com.br
e-mail: atendimento@scipione.com.br

2019
ISBN 978-85-262-6662-9 – AL
ISBN 978-85-262-6663-6 – PR

Cód. do livro CL: 735942

1.ª EDIÇÃO
10.ª impressão

Impressão e acabamento
Bartira

Dados Internacionais de Catalogação na Publicação (CIP)
(Câmara Brasileira do Livro, SP, Brasil)

Gouveia, Ricardo

 O gato preto e outras histórias / Edgar Allan Poe; tradução e adaptação de Ricardo Gouveia; ilustrações de Lelis. – São Paulo: Scipione, 2007. (Série Reencontro literatura)

 1. Literatura infantojuvenil I. Poe, Edgar Allan, 1809-1849. II. Gouveia, Ricardo. III. Lelis. IV. Título. V. Série.

07-3443   CDD-028.5

Índices para catálogo sistemático:
1. Literatura infantojuvenil 028.5
2. Literatura juvenil 028.5

Ao comprar um livro, você remunera e reconhece o trabalho do autor e de muitos outros profissionais envolvidos na produção e comercialização das obras: editores, revisores, diagramadores, ilustradores, gráficos, divulgadores, distribuidores, livreiros, entre outros.
Ajude-nos a combater a cópia ilegal! Ela gera desemprego, prejudica a difusão da cultura e encarece os livros que você compra.

SUMÁRIO

Quem foi Edgar Allan Poe? 5
Sobre estas histórias 9
O gato preto 11
A queda da Casa de Usher 25
O poço e o pêndulo 50
O coração delator 72
A máscara da Morte Rubra 79
O retrato oval 88
O barril de *amontillado* 93
Quem é Ricardo Gouveia? 104

QUEM FOI EDGAR ALLAN POE?

Havia algo de estranho e sombrio naquele homem sempre vestido com uma capa preta e surrada, muito magro. Mas, ao mesmo tempo, descrito como belo, elegante e extremamente fascinante. Muito bem-falante, Edgar Allan Poe devorava seus interlocutores com os olhos. E escrevia contos e poemas tão inusitados que gelavam a espinha do leitor.

Nascido em Boston, Estados Unidos, em 19 de janeiro de 1809, era filho de atores decadentes, que morreram antes de o pequeno Edgar completar três anos. Foi então acolhido por um casal de Richmond, Virgínia. O ambiente sulista, escravocrata e de arcaica estrutura social o impressionou vivamente e viria a ser decisivo para a sua formação. No contato com suas amas e criados, Poe teve acesso às narrativas folclóricas, aos relatos sobre os cemitérios e os cadáveres que vagavam pelos pântanos da região. Essa foi a base do mundo sobrenatural que ele passou a organizar em sua mente, solidificado pela leitura de revistas britânicas divulgadoras do Romantismo.

A infância de Poe foi tranquila e confortável; ele estudou em ótimos colégios, inclusive no exterior. Fortes laços afetivos o uniam a Frances, sua "nova mãe". Entretanto, os choques violentos viriam a ser a tônica do relacionamento com seu protetor, John Allan: os pendores poéticos do jovem eram abominados pelo comerciante, que queria vê-lo seguindo a sua carreira, ou qualquer outra considerada "respeitável".

De 1826 a 1830, Poe tentou frequentar a Universidade e a Academia Militar de West Point. Mas ambas foram interrompidas um ano depois de iniciadas. O ambiente boêmio universitário seduziu o jovem Edgar, que passou a beber e a jogar. Quanto à vida na caserna, percebeu logo que não havia sido talhado para ela. E, para agravar a situação, John Allan se recusava obstinadamente a lhe dar dinheiro suficiente para viver como seus colegas.

Nesse período, conseguiu publicar seus dois primeiros livros, *Tamerlão e outros poemas* e *Al Aaraaf*, que, mal recebidos pelo público, não lhe renderam compensações financeiras.

Diante da incompreensão que cercou sua obra, sem dinheiro ou abrigo, refugiou-se em Baltimore, na casa de Maria Clemm, sua tia pelo lado paterno. Ali encontrou tanto amor quanto o que lhe havia dedicado Frances, mulher de Allan, falecida pouco antes.

Passou a escrever contos, gênero de maior aceitação que a poesia, e em 1833 ganhou um concurso com "Manuscrito encontrado numa garrafa". No ano seguinte, voltou a procurar John Allan ao saber que ele estava à morte. O pai adotivo, que tinha se casado novamente, teve um ataque ao vê-lo. Morreu pouco depois, deixando a Edgar apenas o sobrenome.

Apesar das adversidades, Poe casou-se no ano seguinte com Virginia Clemm, uma prima doze anos mais nova. Obteve o emprego de redator em uma revista de Richmond, para onde se transferiu mais tarde com a mulher e a tia. Pouco depois, mudou-se novamente, dessa vez para uma cidade com horizontes profissionais mais amplos. Foi um período de sucessivas mudanças – de Nova York para Filadélfia e vice-versa, com ocasionais retornos a Baltimore e Richmond –, marcado por passagens por diversas revistas literárias.

Dotado de espantosa inteligência, seu raciocínio lógico o levaria não só a elaborar intricadas narrativas policiais, mas também a resolver um crime real, por meio da literatura: baseado no assassinato de Mary Cecilia Rogers, que estava desnorteando a polícia de Nova York, Poe decidiu escrever "O mistério de Marie Roget" (1842). Formulando hipóteses e deduções, deu um final ao conto que, em seguida, foi confirmado como a resolução do enigma que envolvia a morte da jovem nova-iorquina!

Sua produção arrebanhou-lhe fama e prestígio crescentes, que nem sempre lhe asseguraram os meios de sobrevivência. Em constantes dificuldades financeiras, viu serem premiados alguns de seus contos, como "Os assassinatos da rua Morgue" (1841) e o "Escaravelho de ouro" (1843) – de certo modo, pioneiros da literatura policial. Nesse período surgiram os *Contos do grotesco e do arabesco*, em que deu vazão ao lado mais sinistro de seu talento.

A longa doença que acometeu Virginia, em 1842, foi um golpe dilacerante para Edgar, que, apesar disso, encontrava-se em efervescência criativa – nessa fase, escrevera sua obra-prima, o poema *O corvo*, acolhido pela crítica e pelo público com entusiasmo, e vários dos seus mais famosos contos. Virginia veio a morrer em 1847. A fase da grande produção de Poe havia se encerrado pouco antes.

Nos últimos anos de sua vida, debateu-se com seus fantasmas, recorrendo ao álcool e ao ópio como remédio contra as angústias e as dificuldades que o afligiam. Em 1849, na Filadélfia, Poe embriagou-se a ponto de ser encontrado sem sentidos nas ruas da cidade. Morreu no dia 7 de outubro daquele ano. Sua grande obra, mágica, lírica e macabra, permanece eterna.

SOBRE ESTAS HISTÓRIAS

Supérfluo dizer que os textos de Edgar Allan Poe são "difíceis de traduzir". São mesmo. Um estilo personalíssimo, "empolado", como diriam alguns, usando palavras "difíceis". Uma boa tradução usaria termos igualmente "difíceis" e tentaria situar a tradução procurando, em termos de linguagem, o equivalente em português da mesma época e contexto da obra original. Não foi isso o que fiz. Tentei colocar o texto de Poe em uma linguagem acessível, compreensível para o jovem de hoje, porém sem perder (na medida do possível) o estilo brilhante de Poe. Isso resultou não numa "adaptação" que simplifica e banaliza a obra do mestre, mas em uma, digamos, "atualização" da linguagem, tentando conservar a sofisticação e, até, a "dificuldade" de leitura. Não fiz cortes. Confio plenamente no leitor adolescente brasileiro. Sugiro a esse leitor que tente visualizar em sua mente as brilhantes descrições de Poe e, consequentemente, que sinta muito medo.

E, é claro, também espero que esse leitor aproveite, curta, recomende e, um dia, acabe procurando o original para poder apreciar plenamente o grande escritor.

Ricardo Gouveia

O gato preto

Na mui extravagante, ainda que mui despretensiosa narrativa que estou prestes a escrever, não espero nem peço que acreditem. Louco, sem dúvida, seria eu se esperasse, num caso em que os meus próprios sentidos rejeitam o testemunho deles mesmos. Contudo, louco é que não sou e, com toda a certeza, não estou sonhando. Mas vou morrer amanhã, e hoje quero pôr para fora o que me pesa na alma. Meu objetivo imediato é colocar perante o mundo, de maneira simples, sucinta e sem comentários, uma série de eventos domésticos banais. Por suas consequências, esses eventos me aterrorizaram, me torturaram e me destruíram. Mesmo assim, vou tentar explicá-los. Para mim, eles representaram pouca coisa além de Horror; para muitos, parecerão menos terríveis que *grotescos*. No futuro, talvez seja possível encontrar algum intelecto que reduza o meu fantasma ao lugar-comum; algum intelecto mais calmo, mais lógico e muito menos excitável que o meu, o qual nada perceberá nas circunstâncias que passo a narrar com espanto e terror, além de uma corriqueira sucessão de causas e efeitos muito naturais.

Desde a infância me destaquei pela docilidade e pela humanidade do meu caráter. A ternura do meu coração era tão visível que me tornei motivo de chacotas dos meus companheiros. Eu tinha uma predileção especial por animais, e meus pais me brindavam com uma grande variedade de bichinhos de estimação. Era com eles que eu passava a maior parte do meu tempo, e nunca me sentia tão feliz como quando os alimentava e acariciava. Essa peculiaridade de caráter foi aumentando à medida que eu crescia e, depois de adulto, dela provinha uma das minhas principais fontes de prazer. Para aqueles que já nutriram afeição por um cão fiel e esperto, nem preciso me dar ao trabalho de explicar a natureza, ou a intensidade, da recompensa que daí deriva. Existe alguma coisa no amor desprendido e altruísta de um irracional que vai direto ao coração de uma pessoa que já teve frequentes oportunidades de pôr à prova a amizade mesquinha e a fidelidade frágil do mero *Homem*.

Casei-me cedo, e fiquei contente por encontrar em minha mulher um caráter que não era incompatível com o meu. Observando a minha predileção pelos animais domésticos, ela não perdia oportunidade de procurar os de espécies mais agradáveis. Tínhamos pássaros, peixinhos dourados, um belo cão, um macaquinho e *um gato*.

Este último era um animal extraordinariamente grande e bonito, todo preto, e de surpreendente esperteza. Ao falar de sua inteligência, minha mulher, que no fundo não era nem um pouco supersticiosa, fazia alusão frequente à antiga crença popular que via todos os gatos pretos como bruxas disfarçadas. Não que ela jamais tivesse levado esse assunto a *sério*, e se chego a mencioná-lo, não é por nenhuma razão melhor que o simples fato de que, bem agora, me veio à lembrança.

Plutão – era este o nome do gato – era o meu bicho favorito, e meu companheiro. Só eu lhe dava comida, e ele me acompanhava pela casa aonde quer que eu fosse. Chegava a ser difícil impedi-lo de me seguir pelas ruas.

Nossa amizade, desse modo, durou vários anos, durante os quais meu caráter e meu temperamento, de modo geral, e graças ao Demônio da Intemperança, sofreram (fico ruborizado ao confessar) uma mudança radical para pior. Dia após dia, estava ficando cada vez mais mal-humorado, mais irritadiço, mais negligente com os sentimentos alheios. Permita-me até usar de linguagem imoderada com minha mulher. Por fim, cheguei a usar de violência física contra ela. Meus bichinhos, é claro, não puderam deixar de sentir a mudança no meu humor. Eu não só os abandonei, como os maltratei. Por Plutão, no entanto, eu ainda sentia consideração suficiente para me conter e não maltratá-lo, ao passo que não tinha o menor escrúpulo em maltratar os coelhos, o macaco e até o cão, quando, por acaso ou afeto, cruzavam o meu caminho. Mas a minha doença foi ficando cada vez pior (pois que doença se compara ao alcoolismo!) e no fim até Plutão – que já estava ficando velho e, consequentemente, algo rabugento –, até Plutão começou a sentir os efeitos do meu temperamento impertinente.

Uma noite, ao voltar para casa muito embriagado de uma das minhas noitadas pela cidade, cismei que o gato estava tentando me evitar. Eu então o agarrei, e ele, apavorado com a minha violência, machucou de leve minha mão, com os dentes. Fui imediatamente possuído pela fúria de um demônio. Não mais me reconheci. Era como se a alma original tivesse abandonado o meu corpo e uma malevolência mais que demoníaca, alimentada a gim, fizesse vibrar todas as fibras do meu corpo. Tirei um canivete do bolso do colete, abri, agarrei o pobre animal pela garganta e, deliberadamente, arranquei-lhe um olho da órbita! Fico vermelho, sinto o rosto queimar, estremeço ao narrar a condenável atrocidade.

Quando, pela manhã, recobrei a razão, depois que o sono dissipou os fumos da devassidão noturna, vivenciei uma sensação que era meio de horror, meio de remorso pelo crime de que era culpado. Mas era, na melhor das hipóteses, uma sensação débil e equívoca, e a alma permaneceu intocada. Mais uma vez mergulhei nos excessos e logo afoguei em vinho todas as lembranças dos meus atos.

Enquanto isso, o gato foi se recuperando pouco a pouco. A órbita do olho perdido tinha, é verdade, uma aparência horrível, mas ele parecia não estar mais sentindo dor nenhuma. Circulava pela casa como de costume, mas, como era de se esperar, fugia em extremo terror à minha aproximação. Do meu velho coração, restara o bastante para eu me sentir magoado, de início, com esta evidente aversão por parte da criatura que um dia tanto me amara. Mas esse sentimento logo cedeu lugar à irritação. E então veio, como que para a minha derrocada final e irrevogável, o espírito da PERVERSIDADE. Este é um espírito que a filosofia não leva em conta. Contudo, não estou seguro de que a minha alma esteja viva, não mais do que estou seguro de que a perversidade seja um dos impulsos primitivos do coração humano – uma das faculdades primárias, ou sentimentos, que direcionam o caráter humano. Quem já não se viu, cem vezes, cometendo uma ação vil ou tola sem razão nenhuma exceto saber que *não* deveria fazê-lo? Não teríamos nós uma tendência perpétua de, ao arrepio do nosso melhor juízo, violar o que é *Lei*, meramente porque o entendemos como tal? Esse espírito de perversidade, repito, veio para a minha derrocada final. Foi esse insondável anseio da alma, de *autotorturar-se* – de violentar a própria natureza, de fazer o mal pelo mal somente –, que me incentivou a continuar e, por fim, consumar a tortura que infligi ao inofensivo animal. Um dia, de manhã, a sangue frio, passei um laço em seu pescoço e enforquei-o em um galho de árvore. Enforquei-o com lágrimas escorrendo dos olhos, sentindo o mais amargo remorso no coração; enforquei-o *porque* sabia que ele tinha me amado, e *porque* sentia que ele não me dera nenhuma razão para magoá-lo; enforquei-o *porque* sabia que ao fazê-lo estava cometendo um pecado – um pecado capital que chegaria ao ponto de pôr em risco a minha alma imortal, que (se tal coisa fosse possível) a colocaria fora do alcance até mesmo da misericórdia infinita do Mais Misericordioso e Mais Terrível Deus.

Na noite do dia em que foi cometida essa proeza cruel, fui tirado do sono pelos gritos de "fogo". O cortinado da minha cama estava em chamas. A casa inteira estava ardendo. Foi com grande dificuldade que minha mulher, uma criada e eu conseguimos escapar da conflagração. A destruição foi completa. Toda a minha riqueza terrena foi devorada pelo fogo, e, daí em diante, entreguei-me ao desespero.

Estou acima da fraqueza de procurar estabelecer uma sequência de causa e efeito entre o desastre e a atrocidade. Mas estou fazendo o relato minucioso de um encadeamento de fatos – e não quero deixar imperfeito um só elo da cadeia. No dia seguinte ao incêndio, visitei as ruínas. As paredes tinham desabado, com a única exceção de uma parede interna, não muito grossa, mais ou menos no meio da casa, e na qual antes se encostava a cabeceira da minha cama. Ali o estuque resistira em grande parte à ação do fogo – o que atribuí ao fato de ter sido recentemente aplicado. Uma multidão compacta aglomerou-se em volta dessa parede, e muitas pessoas pareciam estar examinando uma certa parte dela com uma atenção muito ávida e meticulosa. As palavras "estranho!", "singular!" e outras expressões similares espicaçaram a minha curiosidade. Aproximei-me e vi, como se estivesse gravada em baixo-relevo na superfície branca, a figura de um *gato* gigantesco. A impressão me foi passada com uma precisão verdadeiramente maravilhosa. Havia uma corda em volta do pescoço do animal.

Quando dei com aquela aparição pela primeira vez – pois dificilmente eu poderia considerá-la menos que isso –, meu espanto e meu terror foram extremos. Mas, por fim, a reflexão veio em meu socorro. O gato, lembrei-me, tinha sido enforcado em um jardim adjacente à casa. Ao soar o alarme de incêndio, esse jardim fora imediatamente tomado pela multidão – e alguém no meio dela deve ter cortado a corda, tirado o animal da árvore e o atirado por uma janela aberta para dentro do meu quarto. Isso foi feito, provavelmente, para me acordar. Ao desmoronar, outras paredes comprimiram a vítima da minha crueldade contra a massa de reboco fresco recém-aplicado, cuja cal, juntamente com as chamas e o amoníaco da carcaça, tinha sido responsável pela imagem que eu tinha visto.

Embora tivesse assim tão prontamente prestado contas à minha razão, se não de fato à minha consciência, pelo surpreendente episódio que acabo de relatar, nem por isso ele deixou de impressionar profundamente a minha imaginação. Durante meses não consegui me livrar do fantasma do gato; e, durante esse período, voltou-me ao espírito uma vaga sensação que parecia ser, mas não era, de remorso. Cheguei ao ponto de lamentar a perda do animal e procurar em volta, pelas baiucas desprezíveis que agora tinha o hábito de frequentar, por um outro bicho de estimação da mesma espécie, de aparência algo semelhante, com que pudesse preencher o seu lugar.

Uma noite, meio entorpecido, sentado em um antro mais que infame, minha atenção foi subitamente atraída para uma coisa preta, repousando em cima de um dos imensos barris de gim que constituíam a principal mobília do recinto. Eu estava olhando fixamente para a tampa daquele barril há alguns minutos, e o que me surpreendia agora era o fato de não ter percebido antes aquela coisa lá em cima. Aproximei-me e toquei-a com a mão. Era um gato preto, um gato preto muito grande, tão grande quanto Plutão, e muito parecido com ele em todos os aspectos, menos um: Plutão não tinha um só fio de pelo branco no corpo, mas aquele gato tinha uma grande, embora indefinida, mancha branca cobrindo quase toda a região do peito.

Assim que o toquei, ele se levantou ronronando alto, se esfregou na minha mão e pareceu ficar encantado com a minha atenção. Era mesmo aquela, portanto, a criatura que eu estava procurando. Imediatamente propus ao proprietário comprá-la, mas ele disse que não lhe pertencia, nada sabia a seu respeito e nunca a vira antes.

Continuei com as minhas carícias e, quando me preparava para ir para casa, o animal demonstrou querer me acompanhar. Permiti que o fizesse, parando de vez em quando para dar-lhe umas palmadinhas afetuosas enquanto seguia adiante. Ao chegar a casa, ele imediatamente se sentiu à vontade, e em pouco tempo se tornou um grande favorito de minha mulher.

De minha parte, logo senti despertar dentro de mim uma antipatia por ele. Era justo o reverso do que eu tinha previsto, mas, não sei como nem por quê, seu evidente apego por mim só me enojava e incomodava. De forma lenta e progressiva, aquelas sensações de repugnância e incômodo evoluíram para a amargura do ódio. Eu evitava a criatura; uma certa sensação de vergonha aliada à lembrança do meu antigo ato de crueldade me impediam de maltratá-la fisicamente. Durante algumas semanas não bati no gato, nem usei de violência de qualquer espécie. Porém, gradualmente, muito gradualmente, passei a encará-lo com indizível aversão e a evitar em silêncio a sua odiosa presença, como se fosse um bafo de pestilência.

Sem dúvida, o que aumentou ainda mais o meu ódio pelo animal foi a descoberta, na manhã seguinte ao dia em que o trouxera para casa, de que, como Plutão, ele também tinha sido despojado de um dos seus olhos. Esta circunstância, no entanto, só serviu para aumentar o carinho da minha mulher, que, como já disse, possuía em alto grau aquela humanidade de sentimentos que já fora outrora característica minha, e fonte de muitos dos meus prazeres mais simples e puros.

Porém, a predileção daquele gato por mim parecia aumentar com a minha aversão por ele. Seguia meus passos com uma obstinação tal, que seria difícil fazer o leitor compreender. Onde quer que eu me sentasse, ele se ajeitava embaixo da minha cadeira, ou pulava para os meus joelhos, cobrindo-me com suas carícias nojentas. Se eu me levantasse para andar, ele se enfiava no meio dos meus pés e quase me derrubava, ou então cravava suas garras compridas e afiadas na minha roupa e assim ia me escalando até o peito. Nessas ocasiões, embora meu desejo ardente fosse aniquilá-lo com uma pancada, eu era impedido de fazer isso, em parte pela lembrança do meu crime anterior, mas principalmente – vou confessar de uma vez – por um absoluto *pavor* do animal.

Aquele não era exatamente um pavor de que um mal físico me acontecesse – e, no entanto, eu não saberia como defini-lo de outro modo. Quase tenho vergonha de confessar – sim, mesmo nesta cela de delinquente, quase tenho vergonha de confessar – que o terror, o horror que me inspirava o animal, tinha sido aumentado por uma das quimeras mais banais que seria possível conceber. Minha mulher me chamara a atenção, mais de uma vez, para a natureza da marca de pelo branco de que falei, e que constituía a única diferença visível entre o animal estranho e o que eu tinha aniquilado. O leitor há de lembrar-se de que essa marca, embora grande, fora de início bastante indefinida; porém lenta e gradualmente, em graus quase imperceptíveis, que durante muito tempo minha razão lutou por rejeitar como fantasiosos, ela tinha, com o tempo, assumido um contorno rigorosamente preciso. Era agora a reprodução de um objeto cujo nome tremo ao citar; e, por isso, acima de tudo, eu detestava aquele monstro, ele me apavorava, e teria adorado me livrar dele *tivesse eu tido a ousadia*. Era agora, repito, a imagem de uma coisa revoltante, uma coisa horrenda: a FORCA! Ó lúgubre e terrível máquina de horror e crime, de agonia e de morte!

Agora eu era de fato um miserável, além da miséria da própria condição humana. E *um bicho irracional*, cujo companheiro eu eliminara com desprezo, *um bicho irracional* preparara para mim – para mim, um homem, criado à imagem do Deus Altíssimo – tanta aflição intolerável! Ai de mim! Não me era mais possível conhecer a bênção do repouso, nem de noite, nem de dia! Durante o dia, a criatura não me deixava um momento sozinho, e, de noite, a toda hora eu acordava assustado de sonhos de indizível terror, para sentir o bafo quente da *coisa* no meu rosto, e seu enorme peso – a encarnação de um pesadelo que eu não tinha forças para enxotar – oprimindo para sempre o meu *coração*!

Sob a pressão de tormentos como esses, os frágeis remanescentes de bondade dentro de mim sucumbiram. Os maus pensamentos, os mais sombrios e mais perversos pensamentos, passaram a ser os meus únicos confidentes. O mau humor típico do meu temperamento habitual evoluiu para o ódio contra todas as coisas e toda a humanidade, enquanto minha conformada esposa, pobrezinha, era a vítima mais comum e mais paciente das súbitas, frequentes e incontroláveis explosões de fúria às quais eu agora me abandonava cegamente. Um dia ela me acompanhou, para alguma tarefa doméstica, até a adega do velho edifício onde a nossa pobreza nos forçara a morar. O gato, que me seguiu pela escada íngreme abaixo, e por pouco não me fez cair de ponta-cabeça, levou-me à loucura de exasperação. Erguendo um machado e esquecendo, em minha ira, o pavor infantil que tinha até ali contido a minha mão, desferi um golpe no animal que, com certeza, teria provado ser instantaneamente fatal, caso tivesse sido desferido como eu queria. Mas esse golpe foi detido pela mão da minha mulher. Levado, pela interferência, a uma fúria mais que demoníaca, desvencilhei meu braço do aperto da mão dela e enterrei o machado em seus miolos. Ela caiu morta no ato, sem um gemido.

Consumado o hediondo assassinato, entreguei-me sem demora e com total deliberação à tarefa de ocultar o corpo. Sabia que não poderia removê-lo da casa, fosse dia ou fosse noite, sem correr o risco de estar sendo observado pelos vizinhos. Muitos planos me vieram à cabeça. Em um determinado momento, pensei em cortar o corpo em pedaços diminutos e destruí-los no fogo. Em outro, resolvi cavar uma cova no piso da adega. Considerei ainda jogá-lo no poço do quintal – considerei embalá-lo numa caixa como mercadoria, com os cuidados normais, e arranjar um carregador que o levasse para fora da casa. Por fim, cheguei ao que considerei um expediente muito melhor que qualquer outro. Decidi emparedá-lo na adega – como os monges da Idade Média, segundo registros, emparedavam as suas vítimas.

A adega era bem adequada a esse tipo de propósito. Suas paredes eram de construção ordinária e tinham sido há pouco totalmente revestidas por um reboco grosseiro, que a umidade do ar impedira de endurecer. Além disso, em uma das paredes havia uma projeção, causada por uma falsa chaminé, ou lareira, que tinha sido obstruída e disfarçada para se parecer com o resto da adega. Eu não tinha dúvidas de que poderia remover prontamente os tijolos naquele ponto, introduzir o cadáver e emparedar tudo de novo como antes, para que nenhum olhar pudesse detectar nada de suspeito.

    E não me enganei nesse cálculo. Usando um pé de cabra, desloquei os tijolos com facilidade e, tendo apoiado o corpo cuidadosamente contra a parede interna, sustentei-o naquela posição enquanto, sem muitos problemas, reassentei a estrutura toda, tal como estava originalmente. Após obter argamassa, areia e crina, com todas as precauções possíveis, preparei um reboco que não podia ser distinguido do antigo, e, com muito cuidado, revesti a nova alvenaria. Quando terminei, fiquei satisfeito ao ver que estava tudo certo. A parede não apresentava o menor sinal de ter sido mexida. Os detritos no chão tinham sido recolhidos com o mais minucioso cuidado. Olhei em volta, triunfante, e disse a mim mesmo: "Bem, pelo menos aqui o meu trabalho não foi em vão!".

Meu próximo passo foi procurar o animal que tinha sido a causa de tanta desgraça, pois eu estava, afinal, firmemente decidido a matá-lo. Se tivesse podido encontrá-lo naquele momento, não teria havido dúvida quanto ao seu destino. Porém, ao que parece, o matreiro animal ficara alarmado com a violência da minha fúria de antes, e agora se abstinha de se apresentar a mim em meu atual estado de espírito. É impossível descrever, ou imaginar, a profunda e abençoada sensação de alívio que a ausência da detestável criatura provocou em meu peito. Ela não apareceu durante a noite, e assim, por pelo menos uma noite desde que ela fora introduzida na casa, dormi profunda e tranquilamente – sim, *dormi*, mesmo com o fardo do assassinato pesando-me na alma!

O segundo e o terceiro dia se passaram, mas o meu atormentador não veio. Mais uma vez respirei como um homem livre. O monstro, aterrorizado, fugira da casa para sempre! Eu nunca mais o veria! Minha felicidade era suprema! A culpa pelo meu ato sinistro pouco me perturbava. Algumas perguntas foram feitas, mas foram prontamente respondidas. Até fizeram uma busca – mas é claro que nada foi encontrado. Vi assegurada a minha felicidade futura.

No quarto dia após o assassinato, um grupo de policiais apareceu muito inesperadamente na casa e procedeu de novo a uma rigorosa investigação do local. Eu, porém, sentindo-me seguro de que seria impossível descobrir o meu esconderijo, não me senti nem um pouco incomodado. Os policiais me fizeram acompanhá-los na busca. Não deixaram canto nem recanto sem investigar. Por fim, pela terceira ou quarta vez, desceram à adega. Nenhum dos meus músculos estremeceu. Meu coração batia calmamente, como o de quem cochila em inocência. Caminhei pela adega de ponta a ponta. Cruzei os braços no peito e andei, despreocupado, de um lado para outro. Os policiais ficaram totalmente satisfeitos e prepararam-se para partir. O júbilo em meu coração era forte demais para ser contido. Eu estava ardendo de vontade de dizer uma palavra que fosse, em sinal de triunfo e para fazer com que se sentissem duplamente assegurados da minha inocência.

– Senhores – disse eu afinal, quando o grupo estava subindo a escada –, estou encantado por ter afastado as suas suspeitas. Desejo saúde a todos, e um pouco mais de cortesia. A propósito, senhores, esta é uma casa muito bem construída – em meu furioso desejo de falar alguma coisa com desembaraço, eu mal sabia o que estava dizendo. – Eu diria até que esta é uma casa *excelentemente* bem construída. Estas paredes... Já estão indo, senhores?... Estas paredes são solidamente assentadas.

E aí, pelo simples frenesi da bravata, bati com força, com a bengala que tinha na mão, bem naquela parte da alvenaria atrás da qual estava o cadáver da minha amada esposa.

Mas, que Deus me proteja e livre das presas de Satanás! Nem bem a reverberação das minhas pancadas mergulhou no silêncio, uma voz me respondeu de dentro da tumba! Era um gemido, de início abafado e entrecortado como o soluçar de uma criança, e depois foi se avolumando rapidamente, até transformar-se em um grito prolongado, alto e contínuo, totalmente anormal e inumano, um ulular, um guincho lamentoso, meio de horror e meio de triunfo, que só poderia ter-se erguido do Inferno, ao mesmo tempo das gargantas dos danados em sua agonia e dos demônios exultantes em sua danação.

Falar dos pensamentos que me passaram pela cabeça seria tolice. Desfalecendo, cambaleei até a parede oposta. Por um momento, o grupo permaneceu imóvel na escada, em um paroxismo de terror e assombro. No momento seguinte, uma dúzia de braços robustos labutava na parede. Ela caiu inteira. O cadáver, já bastante decomposto e coberto de sangue coagulado, apareceu ereto perante os olhos dos espectadores. Sentado em cima da cabeça, com a boca vermelha escancarada e o olho solitário fulgurando, estava o animal hediondo cuja astúcia me levara a cometer um assassinato, e cuja voz delatora me entregara ao carrasco. Eu tinha emparedado o monstro na tumba!

A queda da Casa de Usher

*Son cœur est un luth suspendu;
Sitôt qu'on le touche il résonne.**

De Béranger

Durante todo um dia nublado, sombrio e silencioso de outono, em que as nuvens pairavam opressivamente baixas no céu, estive atravessando sozinho, a cavalo, uma extensão de terra bastante lúgubre; por fim, quando se aproximavam as sombras do anoitecer, vi-me nas proximidades da Casa de Usher. Não sei como foi isso, mas ao primeiro vislumbre do prédio uma sensação de insuportável desalento permeou-me a alma. Digo insuportável pois não era aliviado por nenhum daqueles sentimentos semiprazerosos, porque poéticos, com os quais a mente costuma receber até as mais cruéis imagens de aflição e terror. Contemplei o cenário diante de mim: a casa em si e a paisagem simples da propriedade, as paredes austeras, as janelas vazias que pareciam olhos, umas poucas touceiras de caniços e uns poucos troncos brancos de árvores apodrecidas. Minha alma estava em uma depressão absoluta, que não sou capaz de comparar com nenhuma outra sensação mundana a não ser a que se segue ao despertar de um sonho, a amarga recaída na vida cotidiana,

---

* Seu coração é um alaúde suspenso; / Assim que é tocado, ressoa. (N. T.)

o horrível cair do véu. Sentia uma frigidez, uma vertigem, um desfalecimento do coração; uma imperdoável aridez de pensamento que nenhum estímulo à imaginação poderia transformar em algo sublime. O que seria aquilo, parei para pensar, o que seria aquilo que tanto me perturbava ao contemplar a Casa de Usher? Era um mistério totalmente insolúvel; e também não podia me engalfinhar com os devaneios sombrios que me atormentavam enquanto eu meditava. Fui forçado a recair na insatisfatória conclusão de que muito embora *existam*, sem sombra de dúvida, combinações de objetos naturais muito simples que têm o poder de assim nos afetar, a análise desse poder, no entanto, repousa entre considerações que vão além da nossa capacidade intelectual. Era possível, refleti, que um mero arranjo diferente dos elementos do cenário, dos detalhes do quadro, fosse suficiente para modificar, ou talvez aniquilar, sua capacidade de transmitir impressões dolorosas; e agindo de acordo com essa ideia, dirigi meu cavalo para a margem íngreme de uma negra e sinistra lagoa da montanha, reluzindo serena junto à casa, e olhei para baixo (porém com um estremecimento ainda mais arrepiante do que antes), para o reflexo das imagens recompostas e invertidas dos caniços cinzentos, dos lívidos troncos de árvores e das janelas vazias que pareciam olhos.

    Apesar disso, eu me propusera a passar algumas semanas naquela mansão de melancolia. Seu proprietário, Roderick Usher, tinha sido um dos meus bons companheiros de meninice; mas muitos anos tinham se passado desde o nosso último encontro. Uma carta dele, no entanto, me chegara recentemente de um lugar distante do país, uma carta que, em sua natureza desenfreadamente importuna, não admitia resposta que não fosse pessoal. O manuscrito dava indícios de agitação nervosa. O autor falava de uma doença física aguda, uma perturbação mental que o afligia, e de um ansioso desejo de me ver, na qualidade de seu melhor e, na verdade, único amigo, numa tentativa de, com o prazer da minha companhia, obter algum alívio para essa enfermidade. Foi o modo como tudo isso, e muito mais, foi dito – o aparente *sentimento* que acompanhava o seu pedido – que não me deixou espaço para hesitação; e, por isso, aceitei sem demora aquele que eu ainda considerava como um convite deveras singular.

Muito embora tivéssemos sido companheiros íntimos quando meninos, eu de fato sabia muito pouco a respeito do meu amigo. Ele sempre fora de uma reserva excessiva e constante. No entanto eu tinha consciência de que, desde tempos imemoriais, a sua antiga família era notória por uma peculiar sensibilidade de temperamento, que se manifestava através de longos períodos em muitas obras de arte celebradas e, recentemente, de repetidos e exaltados atos de caridade generosa porém discreta. Também se manifestava em uma apaixonada devoção aos pormenores, maior ainda, talvez, que às belezas ortodoxas e facilmente reconhecíveis da ciência musical.

Além disso, ele tinha conhecimento do fato muito notável de que o tronco da família Usher, por tradicional que fosse, não gerara, em período algum, nenhum ramo duradouro. Em outras palavras, a família inteira se perpetuava unicamente em linha direta de descendência e sempre com variações bastante banais e transitórias.

Essa deficiência – pensei eu enquanto repassava na cabeça a perfeita concordância do caráter do lugar com o caráter atribuído às pessoas, e especulava sobre a possível influência que um, com o decorrer dos longos séculos, pudesse ter exercido sobre o outro –, essa deficiência, talvez de um ramo colateral, e a consequente transmissão do patrimônio com seu nome em linha direta, de pai para filho, acabaram identificando lugar e pessoas a ponto de incorporar o nome original da propriedade na denominação curiosa e ambígua de "Casa de Usher"; um nome que parecia incluir, na cabeça dos camponeses que o usavam, tanto a família como a mansão familiar.

Eu disse que o único efeito do meu experimento meio infantil, de olhar para o reflexo na lagoa, tinha sido aprofundar a primeira e singular impressão. Não pode haver dúvida de que a consciência do rápido aumento da minha superstição – pois, por que não haveria de chamá-la assim? – só serviu para acelerar o aumento em si. Era essa, eu sabia há muito tempo, a lei paradoxal de todos os sentimentos que têm o terror como base. E só podia ter sido por essa razão que, quando novamente ergui os olhos da imagem na lagoa para a própria casa, avolumou-se em minha cabeça uma estranha fantasia, na verdade uma fantasia tão ridícula que só a menciono para mostrar a força intensa das sensações que me oprimiam. Eu tinha forçado tanto a imaginação que cheguei realmente a acreditar que pairava em torno da mansão e do terreno uma atmosfera característica de ambos e de seus arredores imediatos – atmosfera que não tinha afinidade com o ar do céu, mas exalava o mau cheiro das árvores apodrecidas, do muro cinzento e da lagoa silente –, misteriosos vapores pestilentos, turvos, inertes, fracamente perceptíveis, cor de chumbo.

Expulsando do espírito o que *só podia* ter sido um sonho, examinei mais atentamente o aspecto real do edifício. Sua característica principal parecia ser uma excepcional antiguidade. Tinha sido grande a descoloração através dos tempos. Fungos diminutos se espalhavam por todo o exterior, pendendo dos beirais em uma teia fina e emaranhada. Apesar de tudo isso, porém, não havia nenhuma deterioração fora do comum. Nenhum pedaço da alvenaria caíra; e parecia haver uma inconsistência delirante entre o ainda perfeito encaixamento das partes e o estado de esfacelamento de cada pedra. Nisto, muita coisa me lembrava a ilusória integridade de antigos madeiramentos que ficaram apodrecendo por longos anos em algum subterrâneo esquecido, sem ser perturbados por um alento sequer de ar exterior.

Contudo, além dessa indicação de deterioração avançada, a estrutura dava poucos sinais de instabilidade. Talvez o olho de algum observador meticuloso pudesse ter notado uma fenda quase imperceptível que, estendendo-se a partir do telhado na fachada do edifício, ia descendo pela parede em zigue-zague até se perder nas águas sombrias da lagoa.

Tendo observado essas coisas, segui por uma curta passagem elevada que levava até a casa. Um criado levou meu cavalo, e atravessei a arcada gótica do vestíbulo. Dali, outro criado, de andar furtivo, conduziu-me em silêncio através de muitas passagens escuras e intricadas, até o gabinete do seu patrão. Muitas das coisas que encontrei pelo caminho contribuíram, agora sei, para tornar mais intensos os sentimentos vagos de que já falei. Muito embora os objetos ao meu redor – os entalhes dos tetos, as soturnas tapeçarias nas paredes, o pretume de ébano dos assoalhos e os fantasmagóricos troféus armoriais que tilintavam com as minhas passadas largas – não passassem de coisas com as quais, ou semelhantes às quais, eu estava acostumado desde criança, e muito embora não hesitasse em reconhecer o quanto me era familiar aquilo tudo, ainda me surpreendi ao ver o quanto me eram *pouco* familiares as fantasias que aquelas imagens comuns estavam suscitando. Numa das escadarias, cruzei com o médico da família. Seu semblante, pensei, ostentava uma expressão mista de astúcia vulgar e perplexidade. Ele passou por mim, alarmado, e seguiu adiante. O criado então abriu uma porta e me levou à presença do seu patrão.

A sala em que me encontrava era muito grande e imponente. As janelas eram altas, estreitas e pontudas, e ficavam a uma distância tão grande do assoalho de carvalho negro que eram totalmente inacessíveis do lado de dentro. Débeis lampejos de luz avermelhada penetravam através das vidraças aramadas e serviam para tornar suficientemente claros os objetos mais salientes em volta; os olhos, no entanto, se esforçavam em vão para distinguir os cantos mais remotos do aposento, ou os recessos do teto abobadado e ornamentado com gregas em relevo. Colgaduras negras pendiam das paredes. O mobiliário, de modo geral, era profuso, desconfortável, antigo e esfarrapado. Esparramados em volta, viam-se muitos livros e instrumentos musicais, porém eles não conseguiam emprestar nenhuma vitalidade ao cenário. Senti que respirava uma atmosfera de tristeza. Um ar de melancolia severa, profunda e irremediável pairava naquele ar e tudo permeava.

Quando entrei, Usher levantou-se do sofá onde estava estendido e me saudou com uma calorosa vivacidade que de início tomei pela cordialidade exagerada, pelo empenho forçado de um homem sofisticado. Porém bastou um vislumbre do seu semblante para me convencer da sua perfeita sinceridade. Nos sentamos; e por alguns momentos, enquanto ele não começava a falar, fitei-o com um sentimento que era meio de pena, meio de espanto. Certamente, nenhum homem jamais mudou tanto em um período tão curto quanto Roderick Usher! Foi difícil admitir que a criatura abatida diante de mim era o companheiro da minha primeira infância. Porém, em todos os tempos, a personalidade que transparecia em seu rosto sempre fora notável. Uma compleição cadavérica, olhos grandes, líquidos e luminosos, além de qualquer comparação; lábios um tanto finos e muito pálidos, mas com uma curvatura extraordinariamente bonita; um nariz delicado em estilo judaico, mas com narinas de tamanho inusitado em formações similares; um queixo finamente moldado denotando, em sua pouca proeminência, a falta de energia moral; e cabelos mais tênues e macios que uma teia de aranha. Esses traços, aliados a um desenvolvimento exagerado acima das regiões das têmporas, compunham um semblante que não se podia esquecer com facilidade. E agora, com a simples intensificação do caráter dominante naqueles traços e da expressão que costumavam transmitir, a mudança era tamanha que mal reconheci a pessoa com quem estava falando. A lividez, agora cadavérica, da pele e o, agora sobrenatural, lustro no olhar, acima de tudo, me surpreendiam, e até assustavam. Também os cabelos sedosos tinham crescido sem controle, e, como eles, com sua textura diáfana, mais flutuavam que caíam em volta do rosto, eu não podia, mesmo com esforço, associar a sua aparência extravagante com qualquer ideia de simples humanidade.

Fiquei imediatamente impressionado com uma certa incoerência, uma inconsistência nas maneiras do meu amigo; e logo descobri que isso provinha de esforços débeis e fúteis para superar uma inquietação habitual, uma excessiva agitação nervosa. Sem dúvida eu já estava preparado para alguma coisa dessa natureza, não só pela carta dele, mas pelas reminiscências de certos traços infantis e pelas conclusões deduzidas da sua peculiar conformação física e do seu temperamento. Seus atos eram alternadamente vivazes e taciturnos. Sua voz variava rapidamente, de trêmula indecisão (quando seu instinto animal parecia estar totalmente dormente) para aquele tipo de concisão enérgica, aquela enunciação abrupta, pesada, sem pressa e cavernosa, aquela gutural pronúncia plúmbea, equilibrada e perfeitamente modulada, que se pode observar em um bêbado contumaz, ou no usuário irrecuperável de ópio, durante os seus períodos de mais intensa excitação.

Foi assim que ele falou do objetivo da minha visita, do seu mais sincero desejo de me ver e do consolo que, esperava ele, eu poderia lhe oferecer. Ele abordou, algo extensamente, o que em seu conceito seria a natureza da doença que o afligia. Era, disse ele, um mal de família, inerente à sua própria constituição, para o qual procurava um remédio desesperadamente. Uma simples afecção nervosa, acrescentou imediatamente, que sem dúvida logo iria passar. Manifestava-se em uma legião de sensações pouco naturais. Algumas, como ele as detalhou, me interessaram e me deixaram perplexo, muito embora os termos e o estilo geral da narrativa talvez tivessem tido seu peso. Ele sofria muito com uma acuidade mórbida dos sentidos; só podia tolerar os alimentos mais insípidos; só podia vestir roupas de uma certa textura; os aromas de todas as flores eram sufocantes; até mesmo uma luz mortiça lhe torturava os olhos; e havia apenas alguns sons especiais, além dos produzidos por instrumentos de cordas, que não lhe inspiravam pavor.

Descobri que ele era um escravo acorrentado a um tipo anômalo de terror.

– Vou morrer – disse ele. – Com certeza vou morrer nesta deplorável insensatez. É assim, assim deste modo e não de outro, que estarei perdido. Tenho pavor dos eventos futuros, não pelos eventos em si, mas pelos seus resultados. Estremeço só de pensar que um incidente qualquer, por trivial que seja, talvez possa ter algum efeito sobre esta intolerável agitação da alma. Na verdade, não abomino o perigo, a não ser em seu efeito inquestionável: o terror. Nesta desalentadora, lastimável condição, sinto que mais cedo ou mais tarde chegará a hora em que terei de abandonar, ao mesmo tempo, a vida e a razão, em alguma luta contra o fantasma implacável: o MEDO.

Além disso, fiquei sabendo aos poucos, por insinuações esporádicas e sugestões equívocas, de mais uma característica singular da sua condição mental. Ele estava acorrentado a certas impressões supersticiosas com relação à casa onde morava e da qual, há muitos anos, jamais se aventurava a sair – com relação a uma influência cuja suposta força se transmitia em termos obscuros demais para que os repita aqui. Uma influência que, dizia ele, na mera forma e substância da sua mansão familiar, e à força de prolongado sofrimento, fora exercida sobre o seu espírito; um efeito *físico* que as paredes e os torreões cinzentos, bem como a lagoa escura em que tudo isso se refletia, tinham, durante muito tempo, causado no *moral* da sua existência.

No entanto, ele admitiu, embora com hesitação, que grande parte da melancolia que o atormentava podia ter uma origem mais natural e muito mais palpável: a grave e prolongada enfermidade – na verdade, a morte que evidentemente se aproximava – de uma irmã muito querida, sua única companheira durante longos anos, sua última e única parente no mundo. O falecimento dela, disse com um amargor que nunca poderei esquecer, iria deixá-lo (a ele, o desesperançado, o frágil) como último sobrevivente da antiga linhagem dos Usher. Enquanto ele falava, *Lady* Madeline (pois assim era chamada) passou devagar por uma parte afastada do recinto e, sem notar a minha presença, desapareceu. Olhei-a com uma total perplexidade que não era isenta de medo; e, no entanto, achei impossível justificar aqueles sentimentos. Uma sensação de estupor me oprimia enquanto meus olhos acompanhavam seus passos se afastando. Quando afinal uma porta se fechou atrás dela, meus olhos procuraram, instintiva e ansiosamente, o semblante do irmão. Mas ele enterrou o rosto nas mãos e só pude perceber que uma lividez bem maior que a habitual se espalhara pelos dedos emaciados, pelos quais escorriam muitas lágrimas de emoção.

A doença de *Lady* Madeline há muito desafiava a perícia de seus médicos. Uma apatia que se estabelecera, um desgaste gradual da pessoa e as frequentes, embora passageiras, afecções de uma personalidade parcialmente cataléptica foram o inusitado diagnóstico. Até então, ela tinha enfrentado com coragem a pressão da sua enfermidade e se recusara a ficar de cama; mas ao anoitecer do dia em que cheguei à casa, ela sucumbiu (como me contou seu irmão, tarde da noite, com indizível agitação) ao poder avassalador daquele suplício; e fiquei sabendo que o rápido olhar que dela eu merecera seria provavelmente o último, e que eu não veria mais aquela mulher, ao menos enquanto viva.

Durante os vários dias que se seguiram, seu nome não foi mencionado, nem por Usher, nem por mim. Nesse período, empenhei meus esforços sinceros em aliviar a melancolia do meu amigo. Pintávamos e líamos juntos, ou ouvíamos, como que em sonho, as estranhas improvisações em sua eloquente guitarra. E assim, à medida que uma intimidade cada vez maior me admitia mais livremente aos recessos de sua alma, eu percebia cada vez mais amargamente a futilidade de qualquer tentativa de alegrar o espírito daquele ser em que as trevas, qual qualidade inerente e positiva, se derramavam sobre todos os objetos do universo moral e físico, em uma única e incessante irradiação de abatimento.

Guardarei para sempre a lembrança das muitas horas solenes que passei a sós com o senhor da Casa de Usher. No entanto, não seria capaz de transmitir uma ideia do caráter exato dos estudos, ou das atividades em que ele me envolveu, ou cujo caminho me indicou. Uma fantasia exaltada e descomedida ao extremo lançava sobre tudo um luzir diabólico. Seus longos e improvisados lamentos fúnebres ressoarão para sempre em meus ouvidos. Entre outras coisas, guardo a penosa lembrança de uma singular distorção e amplificação do clima impetuoso da última valsa de Von Weber. Daquelas pinturas – sobre as quais pairava soturna a sua elaborada fantasia, e que iam progredindo, pincelada a pincelada, para uma ambiguidade indistinta que me causava calafrios, aumentados pelo fato de eu estremecer sem saber o porquê –, daquelas pinturas (vívidas como as imagens agora diante de mim), eu tentaria, em vão, extrair mais do que uma pequena parte que estivesse dentro dos limites de meras palavras escritas. Era pela absoluta simplicidade, pela nudez dos seus traços, que ele capturava e conquistava atenção. Se algum mortal jamais pintou uma ideia, esse mortal era Roderick Usher. Pelo menos para mim, nas circunstâncias que então me rodeavam, um terror de intensidade intolerável erguia-se das abstrações puras que o hipocondríaco arquitetava para lançar sobre a sua tela, terror do qual jamais senti uma sombra sequer ao contemplar outras obras, certamente brilhantes, embora concretas demais.

Uma das fantasmagóricas concepções do meu amigo, que não partilhava tão rigidamente do espírito de abstração, pode ser esboçada, se bem que fracamente, em palavras. Um pequeno quadro representava o interior de uma cripta, ou um túnel retangular imensamente longo, com paredes baixas, lisas e brancas, sem nenhuma interrupção ou ornamento. Certos detalhes adicionais da tela serviam bem para transmitir a ideia de que aquela escavação estava a uma extraordinária profundidade abaixo da superfície da terra. Nenhuma saída podia ser observada em parte alguma daquela vasta extensão, e não era discernível nenhuma tocha ou outra fonte de luz artificial; e, no entanto, um dilúvio de raios intensos se derramava sobre tudo e banhava o conjunto com um lívido e inadequado esplendor.

Já falei há pouco daquela condição mórbida do nervo auditivo que torna toda música intolerável ao paciente, com exceção de certos instrumentos de cordas. Foram, portanto, os limites anormais a que ele assim se confinava na guitarra que deram origem, em grande parte, ao caráter fantástico de suas audições. Mas isso não explicava a febril *facilidade* dos seus *improvisos*. Tanto nas notas como nas palavras de suas fantasias desvairadas (pois não era infrequente ele se acompanhar de improvisações verbais rimadas), aqueles improvisos devem ter sido, e eram, o resultado da intensa frieza e da concentração mental a que anteriormente me referi como observável unicamente em momentos especiais da mais exaltada excitação artificial. Recordei-me com facilidade das palavras de uma daquelas rapsódias. Talvez eu tenha ficado ainda mais fortemente impressionado ao ouvi-las, pois, no fluxo subjacente ou místico do seu significado, imaginei perceber, pela primeira vez, que Usher tinha consciência plena da precariedade da sua altiva razão entronada. Os versos, intitulados "O palácio assombrado", eram mais ou menos, se não precisamente, assim:

I
Em nosso vale verdejante,
 pelos anjos bons habitado,
erguia a cabeça, radiante,
 outrora um palácio afamado.
Nos domínios do Pensamento
 do monarca – lá estava, enfim!
E nunca anjos voando ao vento
 viram lugar tão lindo assim.

II
Bandeiras douradas, em glória
 no telhado já tremularam
(tudo isso é distante memória
 de tempos que há muito passaram).
Co'a brisa gentil que brincava
 pelos muros embandeirados,
olor sublime se evolava
 nos velhos dias encantados.

III
No vale feliz, ao passar
 por duas janelas em luz,
alminhas se viam a bailar.
 Suave alaúde as conduzia
em volta de um trono, e lá estava
 (ó príncipe! ó divindade!),
na pompa que a glória outorgava,
 o grão-senhor daquela herdade.

IV
De perlas, rubis reluzindo,
 a porta era um raro primor.
Por ela passavam fluindo,
 fluindo, em eterno fulgor,
os Ecos, beleza sem par,
 de vozes que tinham por parte
(ó doce dever!) só cantar
 do seu rei a sapiência e arte.

V
Mas entes do mal enlutados
tomaram o altivo solar.
(Choremos, pois dias dourados
jamais sobre o rei vão raiar!)
E em volta da casa, sua glória
que então vicejara, corada,
já meio esquecida, é só história
de eras de há muito enterradas.

VI
E hoje o passante vislumbra
na púrpura luz dos mirantes
vultos a dançar na penumbra
ao som de notas dissonantes;
e pelo lívido portal,
se entornam turbas infernais
qual perene rio espectral,
a gargalhar – sorrir, não mais.

Lembro-me bem que sugestões suscitadas por essa balada nos levaram a uma corrente de pensamento em que se tornou manifesta uma opinião de Usher que menciono, não tanto pela novidade (pois outros homens já pensaram assim) como pela pertinácia com que ele a sustentava. Essa opinião, na sua forma geral, era aquela da senciência, ou autoconsciência e empatia, de todas as coisas vegetais. Mas em sua fantasia desordenada, a ideia assumira um caráter mais ousado e avançava, sob certas condições, sobre o reino do inorgânico. Me faltam palavras para exprimir toda a extensão, ou toda a sua fervorosa *entrega* a essa ideia. A crença, no entanto, era associada (como eu já tinha sugerido antes) com as pedras cinzentas do lar dos seus antepassados. Aqui, as condições dessa senciência tinham sido cumpridas no método de colocação daquelas pedras – na ordem do arranjo, bem como na dos muitos musgos que as recobriam, e das árvores mortas ainda em pé em derredor – mas acima de tudo na longa, imperturbada duração desse arranjo, e na sua reduplicação nas águas mansas da lagoa. Sua prova – a prova da senciência – podia ser vista, disse ele (e aqui eu tive um sobressalto quando ele falou), na gradual porém segura condensação de uma atmosfera própria em volta das águas e das paredes. O resultado era perceptível, acrescentou ele, naquelas silenciosas porém importunas e terríveis influências que por séculos moldaram os destinos da sua família, e que fizeram *dele* aquilo que eu via agora: o que ele era. Essas opiniões dispensam comentários, e não farei nenhum.

Nossos livros – os livros que, durante anos, tinham sido uma parte não desprezível da existência mental do inválido – estavam, como se poderia supor, estritamente de acordo com esse caráter delirante. Juntos, nos debruçávamos sobre obras como *Ververt et Chartreuse*, de Gresset; *Belphegor*, de Maquiavel; *Heaven and Hell* [*Céu e inferno*], de Swedenborg; *Subterranean Voyage of Nicholas Klimm* [*A viagem subterrânea de Nicholas Klimm*], de Holberg; *Chiromancy* [*Quiromancia*], de Robert Flud, Jean d'Indaginé e De la Chambre; *Journey into the Blue Distance* [*Jornada à distância azul*], de Tieck; e *City of the Sun* [*Cidade do sol*], de Campanella. Um volume favorito era a pequena edição in-oitavo do *Directorium Inquisitorium*, pelo dominicano Eymeric de Girone; e havia passagens em Pomponius Mela, sobre as quais Usher ficava sonhando horas a fio. O seu principal prazer, no entanto, estava no estudo meticuloso de um livro extraordinariamente raro e curioso, um in-quarto gótico – o manual de uma igreja esquecida –, *Vigiliæ Mortuorum secundum Chorum Ecclesiæ Maguntinæ*.

Eu não podia deixar de pensar no extravagante ritual dessa obra e na sua provável influência sobre o hipocondríaco quando, uma noite, depois de me informar bruscamente que *Lady* Madeline falecera, declarou sua intenção de preservar o corpo por uma quinzena, antes do seu sepultamento definitivo em uma das inúmeras criptas dentro das muralhas principais do palácio. No entanto, a razão mundana atribuída a esse singular procedimento era dessas que eu não me sentia à vontade para discutir. O irmão dela fora levado a essa resolução (assim me contou ele) tendo em conta o inusitado caráter da enfermidade da falecida, de certas perguntas importunas e impacientes da parte dos seus médicos e da localização remota e exposta do jazigo da família. Não vou negar que quando me veio à lembrança a fisionomia sinistra da pessoa com quem me encontrara na escadaria no dia da minha chegada à casa, não tive vontade de me opor àquilo que, na melhor das hipóteses, eu via como apenas uma precaução inofensiva e, sem sombra de dúvida, muito natural.

A pedido de Usher, ajudei-o pessoalmente nos arranjos para o sepultamento temporário. Depois de colocado o corpo no caixão, nós dois, sozinhos, o carregamos para o seu local de repouso. A cripta em que o colocamos (e que ficara sem ser aberta durante tanto tempo que as nossas tochas, semiabafadas na atmosfera opressiva, nos proporcionaram pouca oportunidade para investigação) era pequena, úmida e inteiramente desprovida de luz, pois ficava a grande profundidade, imediatamente abaixo da parte do edifício em que ficava o meu próprio quarto de dormir. Aparentemente tinha sido usada, em remotos tempos feudais, como um calabouço da pior espécie; e em tempos mais recentes, como um paiol de pólvora ou alguma outra substância altamente combustível, pois uma parte do piso, bem como todo o interior de uma longa arcada através da qual chegávamos até ele, eram cuidadosamente revestidos de cobre. A porta, de ferro maciço, também tinha sido protegida de modo similar. Seu peso enorme causava um rangido extraordinariamente estridente quando ela girava nos gonzos.

Após depositar o nosso fardo fúnebre sobre cavaletes naquele lugar horrendo, deslocamos parcialmente a tampa ainda não aparafusada do caixão e olhamos para o rosto da ocupante. Uma notável semelhança física entre irmão e irmã atraiu minha atenção logo de início. E Usher, adivinhando talvez os meus pensamentos, murmurou algumas palavras pelas quais fiquei sabendo que ele e a falecida eram gêmeos, e que sempre existiram entre eles simpatias de uma natureza dificilmente inteligível. Nossos olhares, contudo, não se detiveram por muito tempo sobre a morta, pois não podíamos contemplá-la sem sentir um reverente temor. A doença que assim sepultara aquela mulher na plenitude da sua mocidade tinha deixado, como é usual em todas as moléstias de caráter estritamente cataléptico, a ironia de um leve rubor nos seios e no rosto, e aquele suspeito sorriso permanente nos lábios, tão terrível na morte. Recolocamos a tampa do caixão no lugar e a aparafusamos; e depois de trancar a porta de ferro, nos dirigimos penosamente aos aposentos ligeiramente menos deprimentes da parte de cima da casa.

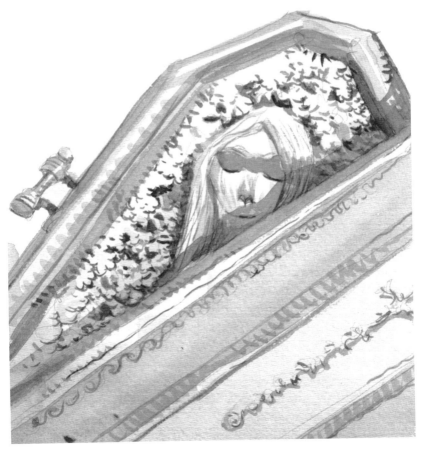

E agora, passados alguns dias de amargo luto, uma notável mudança ocorreu nos sintomas da perturbação mental do meu amigo. As suas maneiras habituais desapareceram. Suas ocupações regulares foram negligenciadas ou esquecidas. Ele perambulava de aposento em aposento em passos apressados, vacilantes e sem rumo. A palidez do seu semblante assumira, se é que isso é possível, um matiz ainda mais fantasmagórico, mas a luminosidade do seu olhar se extinguira completamente. A ocasional rouquidão da voz já não se ouvia mais, e um gaguejar trêmulo, como que de extremo terror, caracterizava normalmente a sua pronúncia. Às vezes, na verdade, eu achava que a sua mente agitada lutava contra algum segredo opressivo, e que ele tentava encontrar a coragem necessária para divulgá-lo. Às vezes, também, eu me sentia forçado a considerar tudo como meros devaneios inexplicáveis da loucura, pois o via olhando fixamente para o nada por horas a fio, em uma atitude da mais profunda atenção, como se estivesse ouvindo algum som imaginário. Não admira que o seu estado me aterrorizava, me contagiava. Lenta mas seguramente, eu sentia as influências desvairadas das suas superstições fantasiosas, embora impressionantes, insinuando-se em mim.

Foi, em especial, quando me recolhi tarde da noite no sétimo ou oitavo dia depois que o corpo de *Lady* Madeline foi levado à cripta, que vivenciei a força total desses sentimentos. O sono se manteve a distância do meu leito, enquanto as horas se escoavam pouco a pouco. Lutei para explicar pela razão o nervosismo que me dominava. Esforcei-me por acreditar que grande parte, se não tudo o que sentira, se devia à influência perturbadora do mobiliário lúgubre do recinto: os cortinados escuros e esfarrapados que, agitados pelos ventos de uma tempestade iminente, oscilavam caprichosos de um lado para outro nas paredes e farfalhavam inquietos nos ornamentos da cama. Mas meus esforços foram infrutíferos. Um tremor incontrolável permeou pouco a pouco o meu ser. E, por fim, instalou-se no meu coração o espírito maligno de um pânico absolutamente infundado. Expulsando-o com esforço, ofegante, soergui-me no travesseiro e, tentando diligentemente enxergar na profunda escuridão do recinto, ouvi – não sei por que, a não ser que tenha sido instigado pelo instinto – certos sons baixos, indistintos, que chegavam não sei de onde, a longos intervalos, entre as pausas da tempestade. Avassalado por uma intensa sensação de pavor, inexplicável e mesmo assim insuportável, me vesti às pressas (pois percebi que não iria mais dormir naquela noite) e tentei me forçar a sair daquela condição lastimável em que caíra, andando depressa pelo quarto, de um lado para outro.

Eu só tinha feito isso umas poucas vezes, quando passadas leves em uma escadaria vizinha me chamaram a atenção. Logo as reconheci como sendo de Usher. Um instante depois ele bateu muito de leve à minha porta e entrou, com uma lamparina na mão. Seu rosto ostentava, como de costume, uma lividez cadavérica; porém, mais que isso, havia uma espécie de hilaridade ensandecida em seus olhos, e uma obviamente contida *histeria* em toda a sua conduta. A sua aparência me aterrorizou, mas qualquer coisa seria preferível à solidão que eu por tanto tempo suportara, e até admiti com alívio a sua presença.

– E você não viu? – disse ele bruscamente, depois de ficar alguns instantes olhando em volta, em silêncio. – Então você não viu? Mas, espere! Ainda verá.

Disse isso e, protegendo cuidadosamente a sua lamparina, correu para uma das janelas e escancarou-a para a tempestade.

A fúria impetuosa da rajada que entrou quase nos ergueu no ar. Era, de fato, uma noite tempestuosa, porém bela, de uma beleza severa, e de uma turbulência singular tanto em seu terror como em sua beleza. Um turbilhão aparentemente acumulara sua força na nossa vizinhança, pois havia alterações frequentes e violentas na direção do vento, e a prodigiosa densidade das nuvens (tão baixas que chegavam a tocar os torreões da casa) não chegava a impedir que percebêssemos a velocidade real com que se precipitavam de todas as direções, umas contra as outras, sem se dissiparem na distância. Digo que nem mesmo a sua prodigiosa velocidade nos impedia de perceber isso; e, no entanto, sequer vislumbrávamos a lua ou as estrelas, e também não havia nenhum clarão de relâmpago. Mas as superfícies inferiores das enormes massas de vapor agitado, bem como todos os objetos terrestres à nossa volta, brilhavam com a luminescência irreal de uma emanação de gás ligeiramente luminosa e claramente visível que pairava em volta da mansão e a cobria como um sudário.

– Você não deve... você não pode contemplar isso! – disse eu, estremecendo, para Usher, enquanto o puxava em gentil coação da janela até uma cadeira. – Esses prodígios que o deixam perturbado são apenas fenômenos elétricos bastante comuns. Ou pode ser que tenham a sua origem horripilante nos miasmas fétidos da lagoa. Vamos fechar esta janela; o ar está frio, e é perigoso para a sua saúde. Aqui está um dos seus romances favoritos. Vou ler enquanto você escuta. Assim, conseguiremos atravessar juntos esta noite terrível.

O velho volume que peguei era o *Mad Trist* [*Assembleia dos loucos*] de *Sir* Launcelot Canning. Mas eu o chamei de favorito de Usher mais por uma triste brincadeira do que a sério, pois, na verdade, pouca coisa havia em sua prolixidade grosseira e pouco imaginativa que pudesse ter interesse para o elevado e espiritual idealismo do meu amigo. Era, no entanto, o único livro à mão no momento, e acalentei uma vaga esperança de que a excitação que então agitava o hipocondríaco pudesse encontrar alívio (pois a história das perturbações mentais está cheia de anomalias similares) até mesmo nos extremos de loucura que eu iria ler. De fato, a julgar pela atenção viva e exageradamente tensa com que escutava, ou parecia escutar as palavras da narrativa, eu bem poderia ter congratulado a mim mesmo pelo sucesso do meu plano.

Eu tinha chegado àquela parte muito conhecida da história em que Ethelred, o herói do *Trist*, tendo tentado em vão entrar pacificamente na morada do eremita, resolve abrir caminho à força. A essa altura, como hão de se lembrar, o texto da narrativa é o seguinte:

"E Ethelred, que já tinha por natureza um coração valente, e que agora se sentia ainda mais forte graças ao poder do vinho que bebera, não esperou mais para negociar com o eremita que, na realidade, tinha um caráter obstinado e malicioso. Porém, sentindo a chuva nos ombros e temendo o desencadeamento da tempestade, ergueu alto a sua clava e, a pancadas, abriu rapidamente um rombo nas tábuas da porta para introduzir a manopla da armadura; e então, forçando vigorosamente, ele tanto rachou e arrebentou tudo em pedaços que o barulho de madeira seca e oca ao se quebrar estrugiu e reverberou por toda a floresta."

Ao terminar essa frase eu me sobressaltei e me interrompi por um momento, pois me pareceu (muito embora tivesse concluído imediatamente que a minha imaginação excitada me enganara) que, de algum recanto remoto da mansão, chegava indistintamente aos meus ouvidos algo que poderia ter sido, em sua exata similitude de caráter, o eco (mas certamente um eco abafado e cavo) do próprio som de madeira sendo rachada e arrebentada que *Sir* Launcelot descrevera tão minuciosamente. Foi, sem sombra de dúvida, a coincidência que me chamou a atenção, pois, no meio do matraquear dos caixilhos das janelas e da mistura de ruídos normais da tempestade sempre crescente, por certo não havia nada no som em si que pudesse ter me interessado ou perturbado. Continuei a história:

"Mas o bom paladino Ethelred, penetrando agora pela porta, ficou extremamente irado e perplexo quando viu que não havia sinal do maldoso eremita; porém, no lugar dele, havia um prodigioso dragão de aspecto escamoso e língua chamejante, que guardava um palácio de ouro com chão de prata; e na parede, estava pendurado um escudo de bronze reluzente com a seguinte inscrição gravada:

Quem cá entrar, conquistador será;
Se o dragão matar, o escudo terá.

E Ethelred ergueu a clava e golpeou a cabeça do dragão, que tombou na frente dele e lançou seu hálito pestilento com um urro tão terrível e rouco, e ao mesmo tempo tão penetrante, que Ethelred teve de tapar os ouvidos com as mãos para protegê-los do pavoroso ruído, que igual jamais se ouvira."

Aqui, mais uma vez, interrompi-me bruscamente, e então, com uma sensação de total perplexidade – pois não podia haver dúvida alguma de que, neste caso, eu realmente ouvia (muito embora achasse impossível dizer de que direção provinha) um som baixo, que parecia vir de longe, porém áspero, prolongado e muito inusitadamente penetrante e rascante –, que era a reprodução exata daquilo que a minha imaginação já tinha configurado como o urro insólito do dragão, conforme descrito pelo romancista.

Impressionado, como sem dúvida estava, diante dessa segunda e muito extraordinária coincidência, por mil sensações conflitantes em que predominavam o espanto e o pavor extremos, ainda tive presença de espírito suficiente para não estimular com qualquer tipo de observação o suscetível nervosismo do meu companheiro. Não tinha nenhuma certeza de que ele notara os sons em questão, muito embora, com certeza, uma estranha alteração tivesse tido lugar em sua atitude nos últimos minutos. Da posição em que estava, de frente para mim, ele tinha pouco a pouco girado a cadeira de modo a sentar-se de frente para a porta do quarto, e assim eu só podia perceber em parte as suas feições, muito embora visse que os seus lábios tremiam, como se estivesse murmurando alguma coisa de modo inaudível. A cabeça descaíra sobre o peito – e, no entanto, a julgar pelos olhos arregalados e vidrados quando vislumbrei o seu perfil, eu sabia que ele não estava adormecido. Os movimentos do corpo também discordavam dessa ideia, pois ele se balançava de um lado para outro em uma oscilação constante e uniforme. Depois de observar isso rapidamente, retomei a narrativa de *Sir* Launcelot, que assim prosseguia:

"E agora, o paladino, tendo escapado da fúria terrível do dragão, lembrando-se do escudo de bronze e da quebra do encantamento que havia nele, removeu a carcaça da sua frente e aproximou-se corajosamente, pelo calçamento de prata do castelo, do lugar onde pendia da parede o escudo, que, de fato, não esperou ele se aproximar, e despencou aos seus pés no piso de prata com um terrível estrondo retumbante."

Nem bem essas sílabas perpassaram meus lábios – como se um escudo de bronze tivesse de fato, naquele momento, despencado pesadamente sobre um chão de prata –, tomei consciência de uma reverberação nítida, oca, metálica e estrondosa, porém aparentemente abafada. Completamente desatinado, pus-me em pé, mas os movimentos compassados não mudaram. Corri para a cadeira onde ele estava sentado. Seus olhos permaneciam fixos, olhando em frente, e em todo o seu semblante reinava uma rigidez pétrea. Mas assim que pousei minha mão sobre o seu ombro, seu corpo inteiro estremeceu. Os lábios tremeram num sorriso doentio, e vi que ele falava em um murmúrio velado, apressado e incoerente, como se não tivesse consciência da minha presença. Inclinando-me sobre ele, bem perto, acabei conseguindo sorver o sentido assustador das suas palavras.

– Não está ouvindo? Sim, eu estou ouvindo. *Tenho* ouvido. Longamente, longamente. Por muitos minutos, muitas horas, muitos dias, tenho ouvido. E no entanto não ousei... Ai de mim, pobre de mim! Não ousei... *Não ousei* falar! *Nós a sepultamos viva!* Eu não disse que os meus sentidos eram aguçados? *Agora*, posso dizer que ouvi os seus primeiros, débeis movimentos, no caixão cavernoso. Eu os ouvi – muitos, muitos dias atrás – e no entanto não ousei... *não ousei falar!* E agora, esta noite... Ethelred... ha, ha, ha! O arrombamento da porta do eremita, e o urro de agonia do dragão, e o clangor do escudo... Digamos, o caixão sendo arrebentado, e o som irritante dos gonzos de ferro de sua prisão, e a luta dela, se debatendo contra a arcada revestida de cobre da cripta! Oh, para onde hei de fugir? Será que ela não vai estar aqui dentro em pouco? Não estaria agora se apressando para me censurar pela minha pressa? Não teria eu ouvido seus passos na escada? Não estaria distinguindo os batimentos pesados e terríveis do seu coração? LOUCO! – E ele aqui pôs-se em pé de um salto, furioso, e bradou suas palavras como se estivesse entregando a própria alma no esforço – LOUCO! ESTOU DIZENDO QUE ELA ESTÁ AGORA BEM ATRÁS DA PORTA!

Como se naquele instante tivesse sido encontrada, na energia sobre-humana de suas palavras, a potência de um encantamento, as enormes e antigas almofadas da porta para as quais ele apontava abriram lentamente as suas ponderosas mandíbulas de ébano. Fora obra de uma violenta rajada; mas então, bem atrás daquela porta, REALMENTE ESTAVA a figura altiva e amortalhada de *Lady* Madeline de Usher. Havia sangue em suas vestes brancas, e indícios de luta renhida por todas as partes do corpo macilento. Por um momento, ela ficou tremendo e cambaleando na soleira da porta, e então, com um pequeno grito lamentoso, desabou pesadamente para dentro, por cima do irmão, e na sua violenta, agora final, agonia da morte, arrastou-o com ela para o chão: um cadáver e uma vítima dos terrores que ele mesmo antecipara.

Fugi apavorado daquele quarto e daquela mansão. A tempestade ainda rugia em toda a sua fúria quando me vi atravessando a velha passagem elevada. De repente, uma luz fantástica apareceu ao longo do caminho, e me voltei para ver de onde poderia ter partido uma resplandecência tão inusitada, pois a casa enorme e suas sombras eram tudo o que havia atrás de mim. O clarão era como o da lua cheia declinando no horizonte em vermelho-sangue, que agora brilhava forte através daquela rachadura a que já me referi, antes quase invisível, e que se estendia em zigue-zague do telhado do prédio até a base. Enquanto eu olhava, aquela fissura se alargou rapidamente. Veio uma rajada violenta do turbilhão, a orbe inteira do satélite explodiu de repente à minha vista e meu cérebro vacilou quando vi as paredes ruírem, despedaçadas. Houve um estrondo prolongado e tumultuoso, como as vozes de mil águas – e a lagoa funda e insalubre aos meus pés fechou-se, soturna e silenciosa, sobre os destroços da "CASA DE USHER".

O poço e o pêndulo

Impia tortorum longos hic turba furores
Sanguinis innocui, non satiata, aluit.
Sospite nunc patria, fracto nunc funeris antro,
*Mors ubi dira fuit vita salusque patent.**

[quadra composta para os portões de um mercado a ser erigido no local do clube dos jacobinos em Paris]

Eu estava exausto, mortalmente exausto com aquela longa agonia; quando afinal me desamarraram e me foi permitido sentar, percebi que estava perdendo os sentidos. A sentença, a terrível sentença de morte, foi a última coisa claramente pronunciada que me chegou aos ouvidos. Depois disso, o som das vozes dos inquisidores pareceu fundir-se em um zumbido inde-

---

* Aqui, a multidão ímpia dos carrascos, insaciada, / alimentou sua sede violenta de sangue inocente. / Agora, salva a pátria, destruído o antro do crime, / reinam a vida e a salvação onde reinava a morte cruel. (N. T.)

finido de sonho. Transmitia à minha alma a ideia de *rotação*, talvez devido à sua associação, na minha cabeça, com o ruído produzido por uma roda de moinho. Mas isso foi apenas por um curto período pois, logo em seguida, nada mais ouvi. No entanto, por um breve momento, pude ver; mas com que terrível exagero! Vi os lábios dos juízes de mantos negros. Pareceram-me brancos, mais brancos que a folha de papel sobre a qual traço estas palavras, e tão finos que chegavam a ser grotescos pela intensidade de sua expressão de firmeza, pela resolução inflexível de solene desprezo pelo sofrimento humano. Vi os decretos daquilo que para mim representava o Destino saindo ainda daqueles lábios. Vi aqueles lábios se torcendo em uma frase mortal; eu os vi articulando as sílabas do meu nome e estremeci, pois nenhum som acompanhava os seus movimentos. Vi, também, durante alguns momentos de terror delirante, a suave e quase imperceptível ondulação dos panos negros que recobriam as paredes do aposento. E, então, meu olhar recaiu sobre as sete grandes velas que estavam em cima da mesa. De início, assumiram para mim o aspecto de caridade, e pareceram-me anjos brancos e esguios que poderiam me salvar. Mas, então, não mais que de repente, minha alma foi tomada por uma náusea mortal, e senti que cada fibra do meu corpo estremecia, como se eu tivesse tocado os fios de uma pilha galvânica enquanto as formas angelicais se transformavam em espectros sem sentido, com cabeças flamejantes, e percebi que delas não viria ajuda nenhuma. E, então, qual rica nota musical, insinuou-se em minha imaginação o pensamento do doce repouso que me aguardava no túmulo. Chegou suave e furtivo, e acho que um bom tempo se passou até que pudesse apreciá-lo plenamente. Porém, assim que o meu espírito começou a sentir e nutrir direito essa ideia, as figuras dos juízes desapareceram, como que por artes mágicas, diante dos meus olhos. As grandes velas mergulharam no nada; suas chamas se apagaram por completo, e sobreveio o negror das trevas; todas as sensações pareceram ter sido engolidas por uma descida enlouquecida da alma até o Inferno. E então o universo se transformou em silêncio, imobilidade e noite.

Eu tinha desmaiado. Mas, apesar disso, não vou dizer que tinha perdido totalmente a consciência. O que dela me restava, não tentarei definir, nem mesmo descrever. Entretanto, nem tudo estava perdido. No mais profundo dos sonos... não! No meio do delírio... não! Num desmaio... não! Na morte... não! Nem mesmo no túmulo, *nem tudo* está perdido. Se não fosse assim, não haveria imortalidade para o homem. Ao despertar do sono mais profundo, rompemos a trama sutil de *algum* sonho. E, no entanto, um segundo depois (por frágil que tenha sido a trama), não nos lembramos mais de ter sonhado. Ao voltar à vida depois do desmaio, há dois estágios: o primeiro, aquele do sentimento da existência moral ou espiritual, e o segundo, aquele da existência física. Parece provável que, ao chegar ao segundo estágio, pudéssemos evocar as impressões do primeiro, que tornaríamos a encontrar todas as lembranças eloquentes do abismo que vem depois. E que abismo é esse? Como, ao menos, poderemos distinguir suas sombras das sombras da tumba? Mas e se, depois de um longo intervalo, as impressões daquilo que chamamos de primeiro estágio não ressurgem sem ser convidadas enquanto nos perguntamos de onde teriam vindo? Quem nunca perdeu os sentidos jamais descobrirá estranhos palácios e rostos estranhamente familiares entre as brasas ardentes; não contemplará, flutuando no ar, as tristes visões que muitos, talvez, jamais possam ver; não meditará nunca sobre o perfume de alguma flor desconhecida, nem terá seu cérebro perturbado pelo significado de alguma melodia que nunca antes lhe chamara a atenção.

Em meio às frequentes e profundas tentativas de me lembrar, em meio aos esforços intensos para recolher algum indício daquele estado de aparente insignificância em que mergulhara a minha alma, houve momentos em que sonhei com o sucesso; houve breves momentos, muito breves, em que conjurei lembranças que, segundo me assegurou a razão lúcida de épocas posteriores, só podiam se referir àquela condição de aparente inconsciência. Essas sombras de lembranças falavam, indistintamente, de grandes figuras que me carregavam e arrastavam, em silêncio, para baixo. Para baixo, e cada vez mais para baixo... até que uma vertigem horrível me oprimisse, só de pensar naquela descida sem fim. Também falavam de um vago horror no meu coração, por causa da anormal quietude desse mesmo coração. Vinha então o sentimento de uma súbita imobilidade em tudo o que me cercava, como se, em sua descida, aqueles que me carregavam (horripilante cortejo!) tivessem ultrapassado os limites do ilimitado, e feito uma pausa, vencidos pela exaustão de seu esforço. Depois disso, vem-me à lembrança a sensação de monotonia e umidade; e então tudo é loucura – a loucura de uma memória que se ocupa de coisas proibidas.

Muito de repente, voltaram-me à alma o movimento e o som: o movimento tumultuado do coração e o som de suas batidas nos meus ouvidos. Depois, uma pausa, em que nada aconteceu. Depois, novamente som e movimento, e o tato – uma sensação de formigamento me invadindo o corpo. Depois, a mera consciência de existir, sem pensamentos, uma condição que durou um bom tempo. Depois, muito subitamente, o *pensamento*, e um terror arrepiante, e um esforço intenso para compreender o meu verdadeiro estado. Depois, um forte desejo de cair novamente na insensibilidade. Depois, um urgente renascer da alma e um esforço bem-sucedido de me mover. E, então, a lembrança plena do julgamento, dos juízes, dos panejamentos negros, da sentença, do passar mal, do desmaio. Depois, o esquecimento total de tudo o que se seguiu, de tudo o que, só mais tarde e graças aos mais veementes esforços, consegui vagamente lembrar.

Até então, eu não tinha ainda aberto os olhos. Senti que estava deitado de costas, desamarrado. Estendi a mão, e ela caiu pesadamente sobre alguma coisa úmida e dura. Deixei que ficasse lá por vários minutos, enquanto me esforçava por imaginar onde estava e *o que* poderia ter acontecido comigo. Desejava usar a minha visão, mas não me atrevia. Temia o primeiro olhar sobre os objetos que me cercavam. Não que tivesse medo de contemplar coisas horríveis, mas fiquei aterrorizado com a possibilidade de que não houvesse *nada* para ver. Por fim, com um desespero selvagem no coração, abri rapidamente os olhos. Meus piores pensamentos foram então confirmados. As trevas da noite eterna me envolviam. Esforcei-me por respirar. A intensidade da escuridão parecia me oprimir, me sufocar. O ar estava intoleravelmente abafado. Continuei ainda imóvel e fiz um esforço para exercer a razão. Lembrei-me dos procedimentos inquisitoriais e tentei, a partir desse ponto, deduzir a minha situação real. A sentença fora proferida, e me parecia que um longo espaço de tempo havia decorrido desde então. Apesar disso, nem por um momento imaginei que estivesse realmente morto. Uma tal suposição, em que pese o que costumamos ler nos livros de ficção, é absolutamente incompatível com a existência real. Mas onde e em que estado eu me encontrava? Os condenados à morte, eu sabia, normalmente morriam nos *autos de fé*, e um deles fora realizado na própria noite do dia do meu julgamento. Teria eu ficado no meu calabouço, à espera do sacrifício seguinte, que não teria lugar antes que se passassem muitos meses? Vi imediatamente que não poderia ser isso. As vítimas eram exigidas o tempo todo. Além disso, meu calabouço, bem como as celas de todos os condenados em Toledo, tinha piso de pedra, e a luz não era inteiramente excluída.

    De repente, uma ideia assustadora fez o sangue jorrar em torrentes do meu coração, e, por um breve momento, recaí na insensibilidade. Ao recobrar os sentidos, pus-me imediatamente em pé, tremendo convulsivamente em cada fibra do meu corpo. Alucinado, estendi os braços para cima e em torno de mim, em todas as direções. Não senti nada. E, no entanto, tinha medo de dar um passo sequer, temendo ser detido pelas paredes de uma *tumba*. O suor explodiu de todos os poros, insistindo em permanecer na minha testa, em gotas frias e grossas. A agonia da incerteza, por fim, tornou-se insuportável. Avancei cautelosamente, os braços estendidos, os olhos querendo pular para fora das órbitas, na esperança de captar algum tênue raio de luz. Avancei vários passos, mas, ainda assim, tudo era treva e vácuo. Respirei aliviado. Parecia evidente que o meu não era, afinal, o mais hediondo de todos os destinos.

E então, como eu ainda continuava a avançar cautelosamente, me vieram à lembrança mil rumores vagos das atrocidades de Toledo. Coisas estranhas eram relatadas sobre os calabouços – fábulas, como eu sempre as considerara –, mas ainda assim estranhas, e horríveis demais para repetir aqui, a não ser em um sussurro. Acaso teria eu sido ali abandonado para morrer de fome naquele mundo subterrâneo de trevas? Ou, quem sabe, um destino ainda mais aterrador me aguardava? Quem sabe o resultado seria a morte, e uma morte ainda mais cruel que a crueldade habitual? Eu conhecia muito bem o caráter dos meus juízes para duvidar. O método e a hora da execução eram tudo o que ocupava e perturbava a minha mente.

Minhas mãos estendidas acabaram encontrando, afinal, um obstáculo sólido. Era uma parede, aparentemente de pedra, muito lisa, escorregadia e fria. Fui apalpando, com a cautelosa desconfiança que certas narrativas antigas me inspiraram. Esse processo, no entanto, não me proporcionava nenhum meio de conferir as dimensões do meu calabouço; podia dar a volta e retornar ao ponto de partida sem perceber, de tão uniforme me parecia a parede. Por isso, procurei a faca que estava em um dos bolsos quando fui levado ao Tribunal da Inquisição, mas ela tinha desaparecido. Minhas roupas tinham sido substituídas por uma vestimenta de sarja grosseira. Eu tinha pensado em identificar o ponto de partida enfiando a lâmina em alguma fenda diminuta da alvenaria. A dificuldade, contudo, era apenas trivial, muito embora na confusão dos meus pensamentos me parecesse, de início, insuperável. Rasguei um pedaço da barra da minha roupa e coloquei-o no chão, de comprido, em ângulo reto com a parede. Tateando o caminho em volta do meu calabouço, eu não poderia deixar de encontrar o pedaço de pano. Pelo menos, foi o que pensei; mas não contara com a extensão da cela, nem com a minha própria fraqueza. O chão era úmido e escorregadio. Cambaleando, avancei alguns passos, e então tropecei e caí. Meu enorme cansaço me fez continuar prostrado, e logo fui tomado pelo sono.

Quando acordei, estendi o braço e encontrei ao meu lado um pedaço de pão e uma jarra d'água. Estava exausto demais para refletir sobre esta circunstância, mas comi e bebi avidamente. Pouco depois, retomei meu circuito em volta da cela e, com muito esforço, cheguei afinal ao fragmento de sarja. Até o momento em que caí, tinha contado cinquenta e dois passos e, depois de retomar a caminhada, contei mais quarenta e oito até chegar ao pedaço de pano. Portanto, havia ao todo cem passos, e, considerando que dois passos equivaleriam a um metro, presumi que o calabouço tinha cerca de cinquenta metros de circunferência. Todavia, eu encontrara muitos ângulos na parede, e por isso não fui capaz de avaliar o formato da cripta – pois não podia deixar de imaginar que se tratava de uma cripta.

Eu não tinha nenhum interesse (e certamente nenhuma esperança) naquelas pesquisas, mas uma vaga curiosidade me instigava a prosseguir. Afastando-me da parede, decidi atravessar a área do recinto. De início, prossegui com extrema cautela, pois o chão, embora parecesse ser feito de material sólido, era traiçoeiro por causa do limo. Por fim, no entanto, tomei coragem e não hesitei em pisar firme, tentando seguir em linha tão reta quanto possível. Avancei desse modo uns dez ou doze passos, quando o que restava da barra rasgada do meu manto se emaranhou em minhas pernas. Pisei nele e caí violentamente de cara no chão.

Na confusão que se seguiu à minha queda, não me dei conta de imediato de uma circunstância algo surpreendente que, no entanto, alguns segundos depois e enquanto eu ainda estava prostrado no chão, chamou-me a atenção. Foi o seguinte: meu queixo estava apoiado sobre o chão da prisão, porém meus lábios e a parte superior da cabeça, embora aparentemente menos elevados que o queixo, não encostavam em nada. Ao mesmo tempo, minha testa parecia banhada em um vapor pegajoso, e o cheiro característico de mofo em decomposição me subiu às narinas. Estendi o braço para a frente e estremeci ao descobrir que tinha caído bem à beira de um poço circular, cujo tamanho, é claro, não tinha como verificar no momento. Apalpando os tijolos logo abaixo da boca do poço, consegui arrancar um pequeno fragmento e deixei-o cair no abismo. Fiquei vários segundos atento aos seus ecos enquanto ele ia se chocando contra as paredes do poço na queda, e, por fim, um mergulho surdo na água, seguido de ecos fortes. No mesmo instante, ouvi um som que lembrava o de uma porta sendo rapidamente aberta e fechada acima da minha cabeça, e um tênue raio de luz brilhou subitamente em meio à escuridão, extinguindo-se em seguida de modo igualmente súbito.

Vi claramente a sina que me tinham preparado e congratulei-me pelo oportuno acidente graças ao qual escapara. Mais um passo antes da minha queda, e o mundo jamais me veria de novo. E a morte recém-evitada era exatamente daquele tipo que eu considerava como fantasioso e frívolo nas narrativas a respeito da Inquisição. Para as vítimas de sua tirania, havia a escolha entre a morte com as suas agonias físicas imediatas e a morte com os seus mais hediondos horrores morais. Para mim, estava reservada esta última. Devido aos longos sofrimentos, meus nervos estavam à flor da pele, a ponto de tremerem ao som de minha própria voz, e eu me tornara, sob todos os aspectos, uma vítima adequada para o tipo de tortura que me aguardava.

Tremendo dos pés à cabeça, voltei tateando até a parede, decidindo que seria melhor perecer ali mesmo que me arriscar nos terrores dos poços, que minha imaginação agora pintava como sendo muitos, em várias posições no calabouço. Em outras condições mentais, eu poderia ter tido a coragem de acabar de vez com a minha miséria, mergulhando num daqueles abismos; mas eu era, então, o maior dos covardes. Também não podia esquecer o que lera sobre aqueles poços: que a *súbita* extinção da vida não fazia parte dos mais horríveis planos dos inquisidores.

A minha agitação interior me fez permanecer desperto por muitas, longas horas; mas, por fim, acabei adormecendo de novo. Ao acordar, encontrei ao meu lado, como antes, um pão e um jarro d'água. Uma sede abrasadora me consumia, e esvaziei o recipiente de um gole só. A água devia conter alguma droga, pois, mal acabei de beber, tornei-me irresistivelmente sonolento. Caí em sono profundo – um sono como o da morte. Quanto tempo durou, certamente não sei; mas quando tornei a abrir os olhos, os objetos à minha volta estavam visíveis. Uma fantástica luz sulfúrea, cuja origem não fui capaz de determinar de início, permitia-me ver a extensão e o aspecto da prisão.

Eu me enganara completamente quanto ao seu tamanho. O circuito total das paredes não passava de vinte e poucos metros. Por alguns minutos, isso me causou um mundo de vãs preocupações. Verdadeiramente vãs! Pois o que poderia ser menos importante, nas terríveis circunstâncias que me cercavam, do que as meras dimensões da minha masmorra? Mas minha alma se tomou de um interesse ardente por ninharias e, diligentemente, empenhei-me em explicar a mim mesmo o erro que cometera em minhas medidas. E afinal, reluziu a verdade: em minha primeira tentativa de exploração, eu tinha contado cinquenta e dois passos até o momento em que caí; devia estar, então, a um passo ou dois do pedaço de sarja; de fato, tinha quase completado todo o circuito da cripta. Foi então que adormeci e, ao despertar, devo ter inadvertidamente voltado sobre os meus próprios passos – presumindo, assim, que o circuito era quase duas vezes maior que na realidade. A confusão mental em que me encontrava me impedira de notar que tinha começado a volta com a parede à minha esquerda, e terminado com a parede à minha direita.

Enganara-me, também, com relação ao formato da cela: enquanto procurava meu caminho às apalpadelas, eu encontrara muitos ângulos, e assim deduzira a noção de uma grande irregularidade. Poderoso é o efeito da escuridão total sobre quem desperta da letargia ou do sono! Os ângulos nada mais eram senão algumas pequenas reentrâncias, ou nichos, a intervalos irregulares. O formato da prisão era, de modo geral, retangular. O que eu tomara por obra de alvenaria me parecia agora ser ferro, ou algum outro metal, em chapas enormes cujas costuras ou juntas ocasionavam aquelas reentrâncias.

Toda a superfície daquele recinto metálico era grosseiramente garatujada com todas as horrendas e repulsivas alegorias originárias das superstições sepulcrais dos monges. Figuras de demônios de aspectos ameaçadores, com formas de esqueleto, bem como outras imagens realmente assustadoras, espalhavam-se pelas paredes e as desfiguravam. Observei que os contornos daquelas monstruosidades eram bastante nítidos, mas as cores pareciam desbotadas e apagadas, como que por efeito da atmosfera úmida. Então notei, também, que o chão era de pedra. No centro, escancarava-se o poço circular de cujas fauces eu escapara; mas era o único naquela masmorra.

Vi tudo isso de modo indistinto e com grande esforço, pois minha condição física mudara enormemente durante o sono. Estava agora totalmente esticado de costas sobre uma espécie de estrado baixo de madeira, ao qual tinha sido fortemente amarrado por uma correia comprida que lembrava uma cilha. Dava muitas voltas em torno dos meus membros e do meu corpo, deixando livres somente a cabeça e o braço esquerdo, o suficiente apenas para permitir que eu, à custa de muito esforço, me servisse da comida em um prato de barro, colocado no chão ao meu lado. Vi, horrorizado, que o jarro d'água tinha sido removido. Digo horrorizado porque me sentia consumido por uma sede intolerável. Parecia que a intenção dos meus algozes era exasperar essa sede, pois a comida no prato era uma carne com tempero muito picante.

Olhando para cima, examinei o teto da minha prisão. Estava a uns dez ou doze metros de altura e tinha o mesmo tipo de construção que as paredes. Em uma das chapas metálicas, uma figura bastante singular me chamou a atenção. Era uma figura pintada do Tempo, tal como é comumente representado, a não ser pelo fato de que, no lugar da foice, segurava algo que à primeira vista me pareceu ser um enorme pêndulo, desses que vemos nos relógios antigos. Contudo, havia alguma coisa na aparência daquela máquina que me fez olhá-la com mais atenção. Enquanto olhava para o alto, diretamente para ela (pois estava exatamente acima de mim), tive a impressão de ver o pêndulo se movendo. Um instante depois, a impressão se confirmou. Sua oscilação era curta e, naturalmente, lenta. Fiquei olhando para ele durante alguns minutos, com um pouco de medo, mas principalmente com espanto. Afinal, cansado de observar o monótono movimento, voltei os olhos para outros objetos que havia na cela.

Um ligeiro ruído me atraiu a atenção e, olhando para o chão, vi diversos ratos enormes andando por ali. Tinham emergido do poço, que dava para ver logo à minha direita. Bem debaixo dos meus olhos, eles subiam aos magotes, apressados, com olhos vorazes, atraídos pelo cheiro da carne. Foi preciso muito esforço e atenção para afugentá-los.

Talvez meia hora tivesse transcorrido, ou até uma hora (pois eu só conseguia perceber a passagem do tempo de um modo imperfeito), até que eu erguesse de novo os olhos para o teto. O que vi então me deixou atônito e perplexo. A extensão do balanço do pêndulo aumentara em quase um metro. Como consequência natural, sua velocidade também era muito maior. Mas o que mais me perturbou foi a ideia de que ele havia *descido*, perceptivelmente. Via agora – com um horror que nem preciso descrever – que a sua extremidade inferior era formada por um crescente de aço reluzente, com cerca de trinta centímetros de comprimento, de ponta a ponta. As pontas eram voltadas para cima, e o gume inferior era, evidentemente, afiado como uma navalha. Também como uma navalha, aquilo parecia maciço e pesado, alargando-se a partir do corte até uma forma larga e sólida logo acima. Estava afixada a uma pesada haste de bronze, e o conjunto todo *assobiava* ao oscilar pelo ar.

Eu já não podia mais duvidar da sina que me fora reservada pela engenhosidade dos monges para a tortura. Os agentes da Inquisição tinham conhecimento do fato de eu ter descoberto o poço – o *poço* cujos horrores tinham sido destinados a um rebelde atrevido, como eu; o *poço*, símbolo do inferno, considerado, segundo rumores, como a *Ultima Thule** de todos os seus castigos. O mergulho naquele poço tinha sido impedido por mero acaso, e eu sabia que a surpresa, ou a armadilha levando ao suplício, constituía parte importante de tudo o que havia de grotesco naquelas mortes na masmorra. Como eu não chegara a cair, não fazia parte do plano demoníaco que eu fosse atirado ao abismo; e assim (como não restava alternativa), uma forma diferente e mais branda de execução me aguardava. Mais branda! Quase cheguei a sorrir em minha agonia ao pensar em tal emprego da expressão.

---

* *Ultima Thule* é a expressão latina conferida pelos antigos à parte mais setentrional da Europa. No sentido figurado, denota a mais remota meta de todos os esforços humanos. (N. T.)

De que adianta falar das longas, longas horas de horror mais que letal, durante as quais fiquei contando as rápidas oscilações do aço! Centímetro a centímetro, linha a linha, descendo de um modo que só era perceptível a intervalos que me pareciam séculos... Descendo e descendo, cada vez mais! Passaram-se dias – pode ser, até, que muitos dias se passaram – antes que o pêndulo chegasse a oscilar tão perto de mim que cheguei a sentir o ar acre que ele deslocava. O cheiro do aço afiado penetrava em minhas narinas. Rezei. Cansei os céus com as minhas preces para que a sua descida fosse mais rápida. Fui tomado por uma loucura frenética, esforcei-me para erguer o corpo e ir ao encontro daquela espantosa cimitarra oscilante. Então me acalmei de repente e fiquei lá deitado, sorrindo diante daquela morte cintilante, como uma criança diante de uma quinquilharia rara.

Seguiu-se mais um intervalo de total insensibilidade. Foi um breve intervalo, pois, ao voltar de novo à vida, não me pareceu que o pêndulo tivesse descido de maneira perceptível. Mas pode ser que tenha sido longo; pois eu sabia da existência de demônios que tomavam nota de meus desfalecimentos e poderiam, à vontade, ter detido a oscilação do pêndulo. Ao recobrar os sentidos, senti... um mal-estar e uma fraqueza indescritíveis, como se estivesse a ponto de morrer de prolongada inanição. Mesmo em meio a todas as angústias daquele momento, a natureza humana ansiava por comida. Com penoso esforço, estendi o braço esquerdo ao máximo que me permitiam os meus grilhões e me apoderei dos parcos restos de comida que me tinham sido deixados pelos ratos. Quando pus um pedaço na boca, passou-me pela cabeça um vago pensamento de alegria... de esperança. Porém, o que tinha eu a ver com a esperança? Era, como digo, um pensamento vago, desses que vêm à cabeça de um homem com frequência, sem jamais se completarem. Senti que era de alegria, de esperança. Mas também senti que perecera ainda antes de se formar. Em vão, esforcei-me por aperfeiçoá-lo... por recuperá-lo. O prolongado sofrimento quase aniquilara todas as minhas faculdades mentais. Eu era um imbecil, um idiota.

O pêndulo oscilava em ângulo reto em relação ao meu corpo. Vi que o crescente tinha sido projetado para me atravessar a região do coração. Ele iria rasgar a sarja do meu manto, voltaria e repetiria a operação... de novo, e de novo. Apesar do assustadoramente enorme percurso percorrido, uns dez metros ou mais, e do vigor sibilante de sua oscilação, suficiente para fender até aquelas paredes de ferro, tudo o que poderia fazer, durante vários minutos, seria apenas rasgar as minhas roupas. Ao pensar nisso, parei. Não ousava ir além dessa reflexão. Persisti nela com uma atenção obstinada, como se, com essa obstinação pudesse deter ali a descida da lâmina. Forcei-me a pensar no som que o crescente produziria ao passar pelas minhas roupas, e na sensação peculiar e arrepiante que o atrito do pano produz sobre os nervos. Pensei em todas essas frivolidades até os meus dentes rangerem.

Para baixo... Obstinadamente, ele descia, cada vez mais. Eu sentia um prazer frenético em comparar sua velocidade vertical com a lateral. Para a direita... para a esquerda... num amplo oscilar... com o grito agudo de uma alma penada... para o meu coração, com o passo furtivo de um tigre! Eu ria e urrava de forma alternada, conforme predominava essa ou aquela ideia. Para baixo... firme e implacavelmente para baixo! Ele oscilava a apenas uns dez centímetros do meu peito! Lutei com violência, com fúria, para liberarar o braço esquerdo, que estava livre só do cotovelo até a mão. Podia esticar a mão, com grande esforço, do prato ao meu lado para a boca, e nada mais. Se tivesse conseguido romper os grilhões acima do cotovelo, teria agarrado o pêndulo e tentado detê-lo. Mas isso seria a mesma coisa que tentar deter uma avalanche!

Para baixo... incessante e inevitavelmente para baixo! Eu arfava e me debatia a cada oscilação. Encolhia-me de forma convulsiva a cada balanço. Meus olhos acompanhavam seus movimentos impetuosos para fora, ou para cima, com a avidez do mais irracional dos desesperos; e a cada descida, eles fechavam-se espasmodicamente, mesmo sabendo que a morte poderia ser um alívio, e que indizível alívio! Ainda assim, cada um dos meus nervos estremecia quando eu pensava em quão pouco a máquina precisaria descer para precipitar aquele machado afiado e reluzente sobre o meu peito. Era a *esperança* que fazia os nervos tremerem e o corpo encolher-se. Era a *esperança*, a esperança que triunfa sobre a tortura, que sussurrava aos ouvidos dos condenados à morte, até mesmo nas masmorras da Inquisição.

Vi que mais umas dez ou doze oscilações poriam o aço em contato direto com as minhas roupas e, com essa observação, subitamente meu espírito foi tomado por aquela calma alerta e serena do desespero. Pela primeira vez em muitas horas, ou talvez dias, eu *pensei*. Ocorreu-me então que a correia, ou cilha, que me envolvia o corpo era *inteiriça*. Eu não estava amarrado com cordas separadas. O primeiro golpe do crescente anavalhado através de qualquer parte da correia iria cortá-la de tal modo que eu seria capaz de me desvencilhar dela usando somente a mão esquerda. Mas como era assustadora, nesse caso, a proximidade da lâmina! Como seria mortal o resultado do mais leve movimento! Aliás, seria razoável crer que os apaniguados do verdugo não tivessem previsto e impedido essa possibilidade? Seria provável que a correia que me atravessava o peito estivesse bem no lugar por onde deveria passar o pêndulo? Temendo ver frustrada essa minha débil e, ao que parecia, última esperança, levantei a cabeça o suficiente para ver claramente o meu peito. A cilha envolvia firmemente meus membros e meu corpo, em todas as direções, *menos no caminho do crescente assassino.*

Mal tinha deixado cair a cabeça em sua posição anterior, quando luziu em meu espírito uma coisa que só posso descrever como a metade não formada da ideia de salvação a que aludi anteriormente, e da qual apenas uma porção flutuou vagamente em minha cabeça quando levei a comida aos meus lábios febris. Agora, o pensamento completo estava presente – débil, quase insensato, quase indefinido –, mas, assim mesmo, inteiro. Tentei imediatamente, com toda a nervosa energia do desespero, pô-lo em execução.

Por várias horas as vizinhanças imediatas do estrado baixo sobre o qual eu jazia tinham estado literalmente tomadas pelos ratos. Eram ferozes, atrevidos, vorazes. Seus olhos vermelhos me fitavam intensamente, como se estivessem apenas aguardando que eu ficasse imóvel para fazer de mim sua presa. "A que tipo de comida", pensei, "estarão acostumados naquele poço?"

Apesar dos meus esforços para impedi-los, eles tinham devorado quase toda a comida que havia no prato, restando apenas uma pequena parte. Eu caíra em uma rotina automática de acenar com a mão em vaivém constante sobre o prato e, no fim, a uniformidade inconsciente daquele movimento fez com que deixasse de produzir efeito. Em sua voracidade, os bichos repugnantes volta e meia cravavam as presas aguçadas em meus dedos. Com os pedacinhos da iguaria gordurosa e picante que ainda restavam, esfreguei a correia com força, em todas as partes que consegui alcançar. Depois, erguendo a mão do chão, prendi a respiração e fiquei totalmente imóvel.

    De início, os vorazes animais ficaram espantados e apavorados com a mudança – com a interrupção do movimento. Alarmados, eles recuaram; muitos foram buscar abrigo no poço. Mas foi só por um momento. Eu tinha contado com a voracidade deles, e não foi em vão. Observando que eu continuava sem me mexer, um ou dois mais ousados pularam para cima do estrado e começaram a farejar a cilha. Parece que aquilo foi o sinal para uma investida geral. Saindo do poço, precipitaram-se em novos bandos. Escalaram a madeira, espalhando-se pelo estrado, e pularam às centenas sobre o meu corpo. O movimento rítmico do pêndulo não os perturbava de maneira alguma. Evitando seus golpes, ocuparam-se da correia besuntada. Apertavam-se, amontoavam-se em pilhas fervilhantes em cima de mim. Contorciam-se sobre o meu pescoço; seus focinhos frios procuravam meus lábios. Quase sufoquei debaixo do peso. Uma repugnância para a qual o mundo ainda não inventou um nome me enchia o peito e enregelava o meu coração com pegajosa umidade. Senti que com mais um minuto a

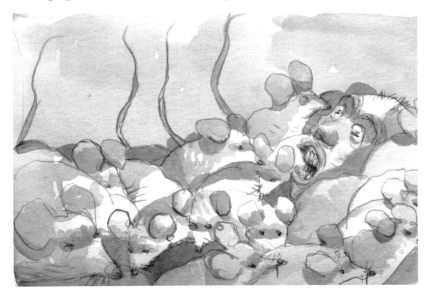

batalha estaria encerrada. Percebi claramente que a correia afrouxava. Sabia que já devia estar completamente partida em mais de um lugar. Com uma determinação sobre-humana, continuei *imóvel*. Eu não tinha errado em meus cálculos, nem todos aqueles sofrimentos tinham sido em vão. Senti, afinal, que estava *livre*. A cilha pendia do meu corpo, em pedaços. Mas o movimento do pêndulo já me pressionava o peito. Cortara a sarja do meu manto. Cortara a roupa de baixo. Ele oscilou mais duas vezes, e uma dor aguda atravessou todos os meus nervos. Mas o momento da salvação tinha chegado. A um aceno da minha mão, meus libertadores debandaram em tumulto. Com um movimento firme, cauteloso e lento, me encolhendo para o lado, deslizei para fora das correias e do alcance da cimitarra. Naquele momento, pelo menos, *estava livre*.

Livre – e nas garras da Inquisição! Mal descera da minha sinistra cama de madeira para o chão de pedra da prisão quando cessou o movimento da máquina infernal. Fiquei olhando enquanto ela era puxada para cima, através do teto, por alguma força invisível. Aquela foi uma lição que levei desesperadamente a sério. Cada movimento meu estava sendo observado, sem dúvida. Livre! Acabava de escapar por pouco da morte em uma forma de agonia, para ser entregue a uma outra, pior do que a morte. Com esse pensamento, revirei os olhos nervosamente, percorrendo as barreiras de ferro que me confinavam. Era óbvio que alguma coisa inusitada – alguma mudança que, de início, não fui capaz de perceber com clareza – ocorrera no recinto. Durante vários minutos de vaga e trêmula abstração, me entreguei a vãs conjeturas desconexas. Foi durante esse tempo que me dei conta, pela primeira vez, da origem da luz sulfúrea que iluminava a cela. Vinha de uma fenda, com pouco mais de um centímetro de largura, que se estendia por toda a volta da prisão na base das paredes, que assim pareciam, e de fato estavam, completamente separadas do chão. Tentei, mas claro que em vão, olhar através daquela abertura.

Ao me levantar, depois dessa tentativa, o mistério da alteração no recinto tornou-se subitamente claro para mim. Já tinha observado que, embora os contornos dos desenhos nas paredes fossem bastante nítidos, as cores, contudo, pareciam desbotadas e indefinidas. Essas cores tinham agora adquirido, e ainda estavam adquirindo, um brilho intenso e assustador, que dava às imagens espectrais e diabólicas um aspecto que poderia arrepiar nervos mais firmes que os meus. Olhos de demônios, de uma vivacidade sinistra e feroz, cravavam-se em mim vindos de mil direções, de lugares onde antes nenhum deles era visível, e luziam com o brilho fantástico de um fogo que eu não conseguia forçar minha imaginação a encarar como irreal.

Irreal! Bastava respirar para que me chegasse às narinas o bafo do vapor de ferro quente! Um cheiro sufocante permeava a prisão! Uma luminosidade que se tornava mais intensa a cada momento se fixava naqueles olhos que contemplavam a minha agonia! Um tom carmesim cada vez mais vivo se estendia por sobre os horrores de sangue ali retratados. Eu ofegava! Eu respirava com dificuldade! Não poderia haver dúvida quanto ao desígnio dos meus verdugos: os mais implacáveis, os mais demoníacos de todos os homens! Fugi do metal incandescente para o centro da cela. Em meio aos pensamentos sobre a iminente destruição pelo fogo, a ideia do frescor do poço caiu como um bálsamo em minha alma. Precipitei-me para as suas bordas mortais. Lancei o olhar ansioso para o fundo. O resplendor do teto incandescente iluminava os seus mais recônditos recessos. E, no entanto, durante um turbulento minuto, meu espírito se recusou a compreender o significado daquilo que estava vendo. Por fim, aquilo abriu caminho à força e penetrou na minha alma, aquilo gravou-se a fogo em minha trêmula razão. Oh, pânico indizível! Oh, horror! Qualquer horror, menos esse! Com um grito, afastei-me da margem e enterrei o rosto nas mãos, chorando amargamente.

O calor aumentava rapidamente e, mais uma vez, olhei para cima, tremendo como se estivesse sofrendo um ataque de malária. Uma segunda mudança ocorrera na cela – e dessa vez a mudança era, evidentemente, de *forma*. Como antes, foi em vão que tentei, de início, apreciar ou compreender o que estava acontecendo. Mas não me deixaram ficar em dúvida por muito tempo. A vingança inquisitorial fora apressada pela minha dupla escapada, e o Rei dos Terrores não estava mais para brincadeiras. Antes, a cela era quadrada. Agora, eu notava que dois de seus ângulos de ferro eram agudos, e dois, por conseguinte, obtusos. A apavorante diferença aumentava depressa, com um ruído surdo, gemente. Num instante, o recinto mudara de forma, para a de um losango. Mas a alteração não parou por aí, nem eu esperava ou desejava que parasse. Poderia ter apertado as paredes incandescentes de encontro ao peito, como uma vestimenta de eterna paz. "A morte", disse eu. "Qualquer morte, menos a do poço!" Insensato! Como pude não entender que era *para dentro do poço* que o ferro em brasa tencionava me forçar? Poderia eu resistir à sua incandescência? E, mesmo que resistisse, poderia suportar a pressão? E agora o losango se achatava cada vez mais, com uma rapidez que não me deixava tempo para contemplações. Seu centro e, naturalmente, a sua parte mais larga, chegaram até bem junto do abismo hiante. Recuei; mas as paredes que avançavam me empurravam, irresistivelmente, para a frente. Por fim, já não restava para o meu corpo chamuscado e contorcido nem um par de centímetros para apoiar os pés no piso firme da prisão. Parei de lutar, mas a angústia de minha alma extravasou em um forte e prolongado grito final de desespero. Senti que cambaleava à beira do poço... Desviei os olhos...

    Houve um ruído confuso de vozes humanas! Houve um som vibrante, como o de muitas trombetas! Houve um ruído áspero, rascante, como o de mil trovões! As paredes incandescentes recuaram rapidamente! Um braço estendido agarrou o meu, no momento em que eu caía, desmaiado, para dentro do abismo. Era o braço do General Lasalle. O exército francês entrara em Toledo. A Inquisição estava nas mãos de seus inimigos.

O coração delator

É verdade! Nervoso, muito, muito, espantosamente nervoso – é o que tenho sido, e sou. Mas por que você *haveria* de dizer que sou louco? A doença aguçou os meus sentidos; não os destruiu, nem os entorpeceu. Acima de tudo, havia a sensação aguda da audição. Eu ouvia todas as coisas do céu e da terra. Eu ouvia muitas coisas do inferno. Como, então, estaria louco? Ouçam! E observem como sou capaz de contar a história inteira de modo lúcido e calmo.

É impossível dizer como a ideia entrou pela primeira vez na minha cabeça; mas uma vez concebida, ela me perseguiu dia e noite. Objetivo, não havia. Paixão, não havia. Eu gostava do velho. Ele nunca me fizera nada de mal. Nunca me insultara. Não me tentara o seu ouro. Acho que eram os seus olhos! Sim, era isso! Um dos seus olhos se parecia com o olho de um abutre... Um olho azul-pálido, com uma película de catarata por cima. Sempre que caía sobre mim, meu sangue gelava. E assim, pouco a pouco, de modo muito gradual, decidi tirar a vida do velho, e me livrar assim do olho para sempre.

Bem, é esse o problema. Vocês imaginam que sou louco. Os loucos não sabem nada. Mas vocês deviam ter visto a *mim*. Vocês deviam ter visto quão sensato fui. Com que cautela, com que prudência, com que dissimulação pus mãos à obra! Nunca fui tão gentil com o velho como durante toda aquela semana antes de matá-lo. E todas as noites, por volta da meia-noite, eu girava a tramela da sua porta e a abria... Oh, tão devagar, tão devagarinho! E então, depois de abri-la o suficiente para passar a minha cabeça, eu introduzia uma lanterna velada, tão velada que não se via luz alguma, e então introduzia a cabeça. Oh, vocês achariam engraçado ver o modo dissimulado como eu a introduzia! Eu fazia isso devagar – muito, muito devagar, para não perturbar o sono do velho. Levei uma hora para passar a cabeça inteira pela abertura a ponto de poder vê-lo deitado em sua cama. Ah! Um louco teria sido assim tão prudente? E então, depois que a minha cabeça já estava bem dentro do quarto, eu abri a lanterna cautelosamente, tão cautelosamente (pois as dobradiças rangiam), apenas o suficiente para que um único raio de luz caísse sobre o olho de abutre. Fiz isso durante sete longas noites – todas as noites, bem à meia-noite –, mas sempre encontrando o olho fechado. Assim, era-me impossível cumprir a tarefa; pois não era o velho que me incomodava, mas o seu Olho Mau. E todas as manhãs, ao romper do dia, ia, com ousadia, até o quarto e falava com ele, atrevido, chamando-o pelo nome em tom caloroso, perguntando como tinha passado a noite. Por aí, vocês podem ver que ele precisaria ser, sem dúvida, um velho muito perspicaz para suspeitar que todas as noites, precisamente à meia-noite, eu o espreitava durante o sono.

    Na oitava noite, eu já estava mais cauteloso que de costume ao abrir a porta. O ponteiro dos minutos se movia mais depressa que os meus dedos. Antes daquela noite, nunca *sentira* a extensão dos meus poderes, da minha sagacidade. Mal podia conter os sentimentos de triunfo. Só de pensar que lá estava eu, abrindo a porta, pouco a pouco, sem que ele sequer chegasse a sonhar com os meus desígnios e pensamentos secretos. Cheguei a dar uma risadinha com essa ideia, e talvez ele tenha me ouvido, pois mexeu-se na cama de repente, como que surpreso. Vocês podem pensar que levei um susto; mas não. O quarto dele estava escuro como breu, com aquela escuridão espessa (pois as persianas estavam bem fechadas, por medo de ladrões), e eu sabia que ele não poderia ver que a porta estava sendo aberta. Continuei a avançar, resoluto.

Já tinha introduzido a cabeça e estava prestes a abrir a lanterna quando o meu polegar escorregou na tramela de lata e o velho, erguendo-se na cama de um pulo, gritou: "Quem está aí?".

Fiquei bem quieto e não disse nada. Durante uma hora inteira não mexi um músculo e, nesse meio-tempo, não o ouvi deitar-se de novo. Ele ainda estava sentado na cama, ouvindo; assim como eu tinha feito, noite após noite, atento à morte que rondava.

Depois ouvi um leve gemido, e vi que era um gemido de terror. Não era de dor, ou de tristeza – oh, não! Era o som baixo e abafado que vem do mais fundo da alma, quando está sufocada de medo. Conhecia muito bem esse som. Muitas noites, bem à meia-noite, todo mundo dormindo, ele jorrou do meu próprio peito, intensificando com as suas terríveis reverberações os aflitivos terrores que me perturbavam. Digo que o conhecia muito bem. Sabia o que o velho estava sentindo e senti pena dele, muito embora, no fundo, estivesse rindo. Sabia que ele ficara acordado desde o primeiro ruído sutil, ao se virar na cama. Seus temores, desde então, só fizeram crescer. Ele tentara, em vão, imaginá-los como absurdos: "Não é nada, é só o vento na chaminé". Ou: "É só um camundongo correndo pelo chão". Ou então: "É só um grilo que cricrilou uma única vez". Sim, ele estava tentando se consolar com essas suposições; mas tudo em vão. *Tudo em vão*, porque a Morte, ao aproximar-se dele, lançara a sua sombra negra e envolvera a sua vítima. E foi a tétrica influência da sombra imperceptível que o fez sentir – mesmo sem ver nem ouvir – a presença da minha cabeça dentro do recinto.

Depois de esperar por um longo tempo, muito pacientemente, sem ouvi-lo deitar-se, decidi abrir uma pequena fresta na lanterna. Fui abrindo – vocês podem imaginar quão furtivamente – até que um único raio de luz, tênue como o fio de uma teia de aranha, passou pela fenda e caiu sobre o olho de abutre.

Estava aberto, arregalado – e fiquei furioso ao contemplá-lo. Eu o vi com perfeita clareza, de um azul mortiço, recoberto por uma película que me enregelou até a medula dos ossos. Mas não pude ver mais nada do rosto ou do corpo do velho, pois tinha dirigido o raio de luz, como que por instinto, precisamente para o maldito lugar.

Ora, eu não acabei de dizer que vocês confundem loucura com acuidade dos sentidos? Pois repito, chegou aos meus ouvidos um som baixo, abafado, ligeiro como o que produz um relógio envolvido em algodão. Eu conhecia muito bem aquele som. Era o coração do velho batendo. Ele aumentou a minha fúria, assim como um tambor estimula a coragem de um soldado.

Mas, mesmo assim, me contive e continuei quieto. Mal respirava. Fiquei segurando a lanterna, imóvel. Tentei o melhor que podia manter o raio de luz sobre o olho. Enquanto isso, aumentou aquele tamborilar infernal do coração. Foi ficando cada vez mais rápido, e mais alto, e mais alto a cada momento. O terror do velho deve ter sido *extremo*! Foi ficando mais alto, repito, mais alto a cada momento! Estão me acompanhando? Disse a vocês que sou nervoso. E nervoso eu sou. E naquela hora tardia da noite, no meio do silêncio assustador daquela velha casa, um ruído estranho como aquele me perturbou e me levou a um terror incontrolável. No entanto, contive-me por mais alguns minutos e continuei quieto. Mas aquelas batidas foram ficando mais altas, e mais altas! Pensei que meu coração ia explodir. E fui tomado por uma nova ansiedade: aquele som acabaria sendo ouvido por um vizinho! A hora do velho tinha chegado! Com um berro, abri totalmente a luz da lanterna e pulei para dentro do aposento. Ele soltou um grito estridente – só uma vez. Num instante, arrastei-o para o chão e virei a pesada cama para cima dele. Depois sorri alegremente ao ver que estava feito. Porém, durante vários minutos, o coração continuou batendo com um som abafado. Isso não me perturbou. Não poderia ser ouvido através da parede. Por fim, cessou. O velho estava morto. Afastei a cama e examinei o cadáver. Sim, ele estava morto. Como uma pedra. Pus a mão sobre o coração dele. Não havia pulsação. Ele estava morto. Como uma pedra. Seu olho não mais me perturbaria.

Se vocês ainda acham que estou louco, não vão mais pensar isso depois que eu descrever as sensatas precauções que tomei para ocultar o corpo. A noite já ia alta, e eu trabalhei diligentemente, mas em silêncio. Antes de mais nada, esquartejei o cadáver. Cortei fora a cabeça, e os braços, e as pernas. Depois arranquei três tábuas do assoalho e depositei tudo entre os vãos. Então, recoloquei as tábuas no lugar com tamanha engenhosidade, tamanha esperteza, que nenhum olhar humano – nem mesmo o *dele* – poderia detectar nada de errado. Não sobrou nada para lavar, nem marca de qualquer espécie, nem mancha de sangue, nada. Eu tinha sido prudente demais para isso. Tudo tinha sido recolhido em uma tina... ha, ha!

Quando terminei todas essas tarefas, já eram quatro horas – escuro ainda, como se fosse meia-noite. Ao soarem as quatro badaladas, bateram à porta da rua. Desci para abri-la com o coração leve, pois que tinha eu a temer? Entraram três homens que se apresentaram, muito amavelmente, como policiais. Um vizinho tinha ouvido um grito no meio da noite; tinham sido levantadas suspeitas de algum crime. Uma denúncia tinha sido registrada na polícia, e eles (os policiais) tinham sido designados para investigar.

Eu sorri. Que tinha a temer? Dei as boas-vindas aos rapazes. O grito, eu disse, eu mesmo soltara, em sonho. O velho, mencionei, estava viajando. Acompanhei os meus visitantes em uma inspeção pela casa inteira. Insisti para que fizessem uma busca – uma busca *completa*. Levei-os, por fim, até o quarto *dele*. Mostrei-lhes suas riquezas: estavam seguras, imperturbadas. No entusiasmo da minha confiança, trouxe cadeiras para o quarto e manifestei meu desejo de que ficassem *ali*, para descansar de seus esforços, enquanto eu, com a audácia desenfreada do meu triunfo perfeito, colocava a minha própria cadeira no lugar exato em que repousava o cadáver da vítima.

Os policiais ficaram satisfeitos. Meu *comportamento* os convencera. Eu estava extraordinariamente à vontade. Eles se sentaram e, enquanto eu respondia animadamente, conversavam sobre coisas familiares. Porém, em pouco tempo, senti que

estava ficando pálido e pedi que se retirassem. Minha cabeça doía e achei que havia um zumbido nos meus ouvidos; mas eles continuavam sentados, conversando. O zumbido ficou mais nítido; continuou, e foi ficando ainda mais nítido. Comecei a falar com mais desenvoltura, para me livrar daquela sensação, mas ela continuou e ganhou permanência – até que, finalmente, descobri que o ruído *não estava* dentro dos meus ouvidos.

É claro que eu agora estava *muito* pálido; mas estava falando mais fluentemente, e com uma voz exaltada. E no entanto, o som estava ficando mais alto. O que eu poderia fazer? *Era um som grave, abafado, ritmado, muito parecido com o som que produz um relógio embrulhado em algodão.* Comecei a ofegar, mas os policiais não ouviram. Passei a falar ainda mais depressa e com mais veemência, mas o som aumentava cada vez mais. Levantei-me e comecei a discutir ninharias em voz estridente e gesticulando violentamente, mas o som aumentava cada vez mais. Por que eles não iam embora? Andei pelo quarto de um lado para o outro em passos largos e pesados, como se estivesse enfurecido com a presença dos homens que me observavam, mas o som aumentava cada vez mais. Ó Deus! O que eu *poderia* fazer? Espumei de raiva, vociferei, praguejei! Arrastei a cadeira sobre a qual estivera sentado pelas tábuas do assoalho, mas o som se elevava acima de tudo e aumentava sem parar. Foi ficando mais alto... mais alto... *mais alto*! E os homens continuavam a tagarelar, joviais, e sorriam. Seria possível que não estivessem ouvindo? Deus Todo-Poderoso! Não, não! Eles ouviam! Eles suspeitavam! Eles *sabiam*! Estavam debochando do meu horror!

Foi o que pensei, é o que ainda penso. Mas qualquer coisa era melhor que aquela agonia! Qualquer coisa era mais tolerável que aquele escárnio! Eu não podia mais suportar aqueles sorrisos hipócritas! Tinha de gritar ou morrer! E agora... de novo! Ouçam! Mais alto... mais alto... mais alto... *mais alto!*

– Canalhas! – berrei. – Chega de fingir! Confesso o crime! Arranquem as tábuas! Aqui, aqui! São as batidas do seu maldito coração!

A máscara da Morte Rubra

A "Morte Rubra" há muito vinha devastando o país. Nenhuma pestilência jamais fora tão letal, e tão horrenda. Sangue era o seu Avatar e o seu sinete – a vermelhidão e o horror do sangue. Começava com dores agudas e súbitas vertigens, depois um sangramento intenso pelos poros e a decomposição. As manchas escarlates pelo corpo e, especialmente, pelo rosto eram a maldição da peste, que isolavam a vítima e a impediam de receber auxílio e simpatia de seus semelhantes. A crise inteira, o progresso e o término fatal não duravam mais que meia hora.

Mas o Príncipe Próspero era feliz, destemido e sagaz. Quando seus domínios ficaram semidespovoados, ele convocou os cavaleiros e as damas da corte e, junto com eles, retirou-se para um isolamento total em uma de suas abadias fortificadas. Era um vasto, magnífico edifício, criação do gosto excêntrico, porém augusto, do príncipe. Uma forte e alta muralha o circundava. Essa muralha tinha portões de ferro. Os cortesãos, uma vez do lado de dentro, trouxeram fornalhas e martelos pesados, que usaram para soldar os parafusos no lugar. Tinham decidido não deixar nenhum meio de entrada ou saída, para conter os súbitos impulsos de desespero dos que ficaram de fora, bem como de frenesi dos que estavam dentro. A abadia estava fartamente abastecida. Com essas precauções, os cortesãos poderiam desafiar o contágio. O mundo exterior que se arranjasse sozinho. Enquanto isso, seria tolice afligir-se por causa dele, ou até pensar. O príncipe providenciara todos os recursos para o lazer e a diversão: havia bufões, e repentistas, e bailarinas, e músicos; havia Beleza, havia vinho. Tudo isso e a segurança estavam dentro. Fora, estava a "Morte Rubra".

Foi quase no final do quinto ou sexto mês de isolamento, enquanto do lado de fora a pestilência grassava no máximo da sua fúria, que o Príncipe Próspero entreteve os seus mil amigos com um baile de máscaras da mais inusitada magnificência.

Aquela mascarada foi um espetáculo voluptuoso. Mas, primeiro, deixem-me falar dos salões em que foi realizada. Eram sete, uma suíte imperial. Em muitos palácios, no entanto, as suítes desse tipo oferecem uma longa perspectiva, contínua e reta, quando as portas de dobrar são empurradas quase até a parede em ambos os lados, e assim a visão de todo o conjunto não chega a ser impedida. Mas, aqui, o caso era bem diferente, como seria de esperar, considerando o amor do príncipe pelo *bizarro*. Os aposentos estavam dispostos de modo tão irregular que a visão abrangia pouco mais que um de cada vez. A cada vinte ou trinta metros havia uma curva pronunciada, e a cada curva, um novo efeito. À direita e à esquerda, no meio de cada parede, havia uma janela gótica alta e estreita, dando para um corredor fechado que acompanhava as voltas da suíte. Essas janelas eram providas de vitrais cujas cores variavam de acordo com o matiz predominante do aposento para o qual se abriam. O da extremidade oriental, por exemplo, era decorado em azul, e seus vitrais eram de um azul vivo. O segundo aposento tinha ornamentos e tapeçarias em púrpura, e ali também os vitrais eram em púrpura. O terceiro era todo verde, bem como as janelas. O quarto era mobiliado e iluminado em laranja; o quinto, em branco; o sexto, em violeta. O sétimo salão estava inteiramente recoberto de tapeçarias de veludo negro, cobrindo o teto inteiro e descendo pelas paredes, caindo em dobras pesadas sobre um tapete da mesma cor e material. Porém, somente nesse aposento, a cor das janelas não correspondia à cor da decoração. Ali, os vidros eram escarlates, de uma intensa cor de sangue. Mas em nenhum daqueles recintos havia qualquer espécie de lâmpada ou candelabro em meio à profusão de ornamentos dourados que se viam espalhados por toda parte e pendurados no teto. Não havia luz alguma emanando de lâmpada ou vela dentro da série de salões. Mas, nos corredores que acompanhavam a suíte, atrás de cada janela, havia um pesado trípode, sustentando um braseiro em chamas que projetava os seus raios através do vitral, iluminando o salão com luz feérica e produzindo uma infinidade de efeitos espalhafatosos e fantásticos. Mas no salão ocidental, ou salão negro, o efeito do clarão que se derramava sobre as tapeçarias negras através dos vidros tintos de sangue era assustador ao extremo, e dava aos rostos dos que ali entravam uma aparência tão aberrante que poucos tinham a ousadia de, sequer, pôr os pés dentro do recinto.

Era também nesse salão que, encostado à parede ocidental, havia um gigantesco relógio de ébano. Seu pêndulo balançava de um lado para outro com um tiquetaquear metálico vagaroso, pesado, monótono; e, quando o ponteiro dos minutos dava a volta completa no mostrador, e a hora estava prestes a soar, dos pulmões de bronze do relógio emanava um som claro, alto, profundo e extremamente musical, porém de um timbre e uma força tão incomuns que, de hora em hora, os músicos se viam obrigados a parar de tocar por um momento para prestar atenção ao som; com isso, os dançarinos forçosamente interrompiam suas evoluções e um breve desconcerto perpassava toda a alegre companhia. E, enquanto ainda soavam as badaladas do relógio, podia-se observar que os mais frívolos empalideciam e os mais idosos e serenos passavam a mão pela testa como se estivessem em confuso devaneio ou meditação. Mas quando os ecos cessavam por completo, um riso ligeiro logo contagiava os presentes. Os músicos se entreolhavam e sorriam, como que do seu próprio nervosismo e insensatez, e prometiam uns aos outros aos sussurros que na próxima vez em que soasse o carrilhão não sentiriam nenhuma emoção similar. E, no entanto, passados os sessenta minutos (que abrangem três mil e seiscentos segundos do Tempo que voa), mais uma vez soava o carrilhão do relógio, e lá estavam novamente o mesmo desconcerto, o mesmo tremor e a mesma meditação confusa de antes.

Mas apesar dessas coisas, era uma alegre, magnífica folia. O príncipe tinha gostos peculiares. Tinha um olho bom para cores e efeitos. Desprezava enfeites da moda. Seus projetos eram ousados e fogosos, e as suas concepções fulguravam com um brilho selvagem. Havia quem o achasse louco. Seus aduladores achavam que não. Era preciso ouvi-lo, vê-lo e tocá-lo para ter *certeza* de que não era louco.

Por ocasião daquela grande festa, ele mesmo determinara, em grande parte, a escolha e a disposição dos ornamentos móveis nos sete salões, e o seu gosto pessoal orientara o estilo das fantasias. E eram, sem dúvida, grotescas. Havia muito esplendor e brilhos, brejeirice e fantasmagoria. Havia figuras em estilo árabe, com membros e acessórios inadequados. Havia fantasias delirantes, como se tivessem sido modeladas por um louco. Havia muito de formoso, muito de devasso, muito de bizarro, algo de terrível, e não pouco do que poderia provocar repugnância. Na verdade, de um lado para outro nos sete salões, vagava uma multidão de sonhos. E estes, os sonhos, se contorciam pelos cantos, assumindo as cores dos ambientes e fazendo com que a música fantástica da orquestra se parecesse com o eco dos seus passos. Em pouco tempo, soa o relógio de ébano no salão de veludo. E então, por um momento, tudo se aquieta, fica tudo em silêncio, exceto a voz do relógio. Os sonhos se paralisam, congelados no lugar. Mas os ecos do carrilhão vão se extinguindo – não duraram mais que um instante –, e risos ligeiros, semiabafados, pairam no ar acompanhando-os enquanto desaparecem. E, mais uma vez, a música se avoluma e os sonhos revivem, contorcendo-se de um lado para outro, mais alegres que nunca, assumindo as cores dos vitrais coloridos das janelas, através dos quais se filtram os raios de luz dos tripés. Mas ao salão mais ocidental dos sete, nenhum dos foliões se aventura; pois a noite está chegando ao fim; e há uma luz mais avermelhada que se infiltra pelos vidros cor de sangue; e o negrume de crepe das colgaduras é amedrontador; e, para aqueles cujos pés pisam o tapete negro, do relógio de ébano ali perto vem um rumor abafado, mais solenemente enfático do que o que chega aos ouvidos dos que se entregam às alegrias mais distantes dos demais salões.

Mas esses outros aposentos estavam apinhados, e neles pulsava febril o coração da vida. E a folia prosseguiu em seu movimento circulante até que, por fim, a meia-noite começou a soar no relógio. Então a música cessou, como já contei; e as evoluções dos dançarinos foram aquietadas; e, como antes, houve uma constrangedora paralisação de todas as coisas. Mas agora havia doze badaladas por soar no carrilhão do relógio. E, talvez por isso, aconteceu que, com mais tempo, mais pensamentos se insinuaram nas meditações dos pensantes entre os foliões. E, talvez por isso, também, aconteceu que, antes de os últimos ecos da última badalada mergulharem no silêncio total, muitas pessoas na multidão tinham encontrado tempo livre para se dar conta da presença de uma figura mascarada que, antes, não tinha atraído a atenção de nenhum indivíduo. Depois que a notícia dessa nova presença se espalhou aos sussurros, ergueu-se de toda a multidão um burburinho, um murmúrio de desaprovação e surpresa – e, então, finalmente, de terror, de pavor e de repulsa.

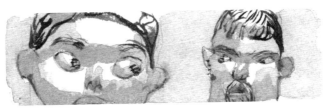

Em uma reunião de fantasmas como a que descrevi, pode-se bem presumir que nenhuma aparição extraordinária poderia provocar tamanha sensação. Na verdade, a permissividade na mascarada daquela noite era quase ilimitada. Mas a figura em questão tinha superado o próprio Herodes e ido além dos limites da vaga noção de decoro do príncipe. Mesmo nos corações dos mais indiferentes, existem cordas sensíveis, que não podem ser tocadas sem emoção. Mesmo para os completamente perdidos, para quem tanto a vida como a morte não passam de piada, há assuntos com os quais não se pode brincar. Toda aquela multidão, de fato, parecia agora sentir profundamente que na fantasia e na atitude do estranho não havia graça nem decência. A figura era alta e macilenta, envolvida em mortalhas dos pés à cabeça. A máscara que lhe ocultava o rosto se parecia tanto com o semblante de um cadáver enrijecido que um exame mais minucioso teria dificuldade em detectar o logro. E, no entanto, tudo isso poderia ser tolerado, se não aprovado, pelos foliões enlouquecidos em volta. Mas o mascarado fora a ponto de personificar a imagem da Morte Rubra. Sua vestimenta estava borrifada de *sangue*, e a testa larga, bem como o rosto inteiro, estavam salpicados com as marcas do horror escarlate.

Quando os olhos do Príncipe Próspero caíram sobre aquela figura espectral (que, em movimentos lentos e solenes, como que para reforçar ainda mais a sua personagem, marchava em passos lentos, ameaçadoramente, por entre os dançarinos), todos viram-no ser sacudido, no primeiro momento, por um forte estremecimento de terror ou repugnância, porém, no momento seguinte, sua fronte avermelhou-se de raiva.

– Quem se atreve? – perguntou em voz rouca aos cortesãos à sua volta. – Quem se atreve a nos insultar com esse arremedo blasfemo? Agarrem-no e arranquem-lhe a máscara, para que saibamos a quem teremos de enforcar nas ameias ao nascer do sol!

Foi no salão oriental, ou salão azul, que o Príncipe Próspero estava quando pronunciou essas palavras. Elas reverberaram alto e claro por todos os sete salões, pois o príncipe era um homem robusto e ousado, e a música se calara a um aceno da sua mão. Foi no salão azul, onde estava o príncipe e um grupo de lívidos cortesãos que permaneciam ao seu lado. Assim que ele falou, houve um leve movimento do grupo na direção do intruso, que no momento estava bem perto; e então, em um passo deliberado e majestoso, ele aproximou-se mais do príncipe. Porém, por causa do indizível pavor que a louca arrogância do mascarado inspirara a todo o grupo, não surgiu ninguém que ousasse estender a mão para segurá-lo. E assim, sem impedimentos, ele passou a um metro de distância do príncipe e, enquanto a grande multidão, como que movida por um único impulso, recuava do centro dos salões para junto das paredes, abriu caminho, sem parar, com o mesmo passo solene e deliberado que o distinguira desde o começo, do salão azul para o púrpura, do púrpura para o verde, do verde para o laranja, deste para o branco e até o violeta, sem que um único movimento decidido fosse feito para impedi-lo. Foi, então, que o Príncipe Próspero, ensandecido de raiva e vergonha de sua própria covardia momentânea, atravessou correndo os seis salões sem que ninguém o seguisse, pois um pavor mortal se apoderara de todos. Brandia um punhal desembainhado e já tinha se aproximado a pouco mais de um metro do vulto que se afastava, quando este, tendo alcançado a extremidade do salão de veludo, voltou-se de repente e enfrentou o seu perseguidor. Ouviu-se um grito agudo, e o punhal tombou faiscando no tapete negro sobre o qual, no momento seguinte, caiu mortalmente prostrado o Príncipe Próspero. Então, na louca coragem do desespero, um bando de foliões atirou-se imediatamente para dentro do salão negro e, caindo sobre o mascarado cuja figura esguia se postava, ereta e imóvel à sombra do relógio de ébano, ficaram subitamente sem fôlego, no indizível pavor de constatar que as mortalhas e a cadavérica máscara de cera que tão rudemente agarraram não estavam ocupadas por nenhuma forma palpável.

Foi então que reconheceram a presença da Morte Rubra. Introduzira-se como um ladrão no meio da noite. E, um por um, os foliões foram tombando nos salões orvalhados de sangue do seu festim, e morreram, cada qual na postura desesperada em que caiu. E a vida do relógio de ébano se extinguiu junto com o último alento do último folião. E as chamas dos trípodes se apagaram. E a Treva, a Podridão e a Morte Rubra exerceram seu domínio irrestrito sobre tudo.

O retrato oval

O castelo no qual meu criado se aventurara a forçar entrada, a fim de não permitir que eu, desesperadamente ferido como estava, passasse a noite ao relento, era um desses mistos de melancolia e magnificência que há tanto tempo se viam, carrancudos, sobre os Apeninos, tanto de fato como na imaginação da sra. Radcliffe, a conhecida autora de romances de mistério. Segundo todas as aparências, tinha sido abandonado temporariamente e havia muito pouco tempo. Instalamo-nos em uma das acomodações menores e mobiliadas com menos suntuosidade, situada num torreão afastado. A decoração era rica, embora antiga e desgastada. As paredes eram recobertas de tapeçarias, adornadas com múltiplos e multiformes troféus armoriais, junto com uma quantidade inusitada de quadros modernos muito vibrantes, em molduras ornadas com ricos arabescos dourados.

Por aqueles quadros, que pendiam das paredes – não apenas nas superfícies principais como nos inúmeros recantos que a bizarra arquitetura do castelo considerava necessária –, por aqueles quadros, meu incipiente delírio talvez tenha feito com que eu me interessasse profundamente. Pedi a Pedro que fechasse as pesadas venezianas do aposento, pois já anoitecia, e abrisse de par em par as cortinas franjadas de veludo negro que envolviam a cama. Desejei que tudo isso fosse feito de modo a que eu pudesse me entregar, se não ao sono, pelo menos, alternadamente, à contemplação daqueles quadros e à leitura de um pequeno livro que encontrara debaixo do travesseiro, o qual se propunha a analisá-los e descrevê-los.

Li durante muito, muito tempo e contemplei com demora aqueles quadros. As horas foram passando, rápida e gloriosamente, e chegou a meia-noite abissal. A posição do candelabro me incomodou, e, estendendo a mão com dificuldade para não perturbar o meu criado adormecido, mudei sua posição para melhor projetar a luz sobre o livro.

Mas esse gesto, porém, produziu um efeito de todo inesperado. A luz das inúmeras velas (pois havia muitas) agora incidia sobre um nicho no quarto que, até então, estivera mergulhado nas sombras intensas por uma das colunas da cama. Vi assim, à plena luz, um quadro que antes não tinha notado. Era o retrato de uma jovem que acabava de despertar para a feminilidade. Dei uma olhada rápida no quadro e depois fechei os olhos. Não percebi, a princípio, por que fiz isso. Mas, com as pálpebras fechadas, repassei em minha mente as razões para assim fechá-las. Fora uma reação impulsiva, a fim de ganhar tempo para pensar – para ter certeza de que a minha visão não me iludira, para acalmar e controlar a minha fantasia e para encarar as coisas de um modo mais sóbrio e mais seguro. Alguns momentos depois, olhei fixamente para o quadro.

Então vi com clareza que não poderia nem deveria duvidar, pois a luz lançada pelas velas sobre aquele quadro parecia dissipar o estupor de sonho, que me dominava os sentidos e subitamente me despertava para a vida real.

O retrato, como já disse, era o de uma jovem. Mostrava apenas a cabeça e os ombros, feitos do modo tecnicamente chamado de *vignette*, no estilo das cabeças favoritas do pintor Thomas Sully. Os braços, o colo e até mesmo as pontas dos cabelos luminosos se fundiam de forma imperceptível nas sombras vagas e profundas que compunham o pano de fundo para o todo. A moldura era oval, ricamente dourada e filigranada em estilo mourisco. Como obra de arte, nada poderia ser mais admirável que a pintura em si. Porém, o que me comovera tão repentina e intensamente não fora a execução da obra, nem a beleza imortal do semblante. E menos ainda a minha imaginação, que, sacudida, saíra de sua sonolência e confundira a cabeça com a de uma pessoa viva. Vi imediatamente que as peculiaridades da concepção, do esfumado e da moldura deveriam ter afastado de imediato tal ideia da cabeça; deveriam ter até impedido que fosse considerada mesmo por um momento. Fiquei talvez uma hora meio sentado, meio reclinado, pensando seriamente nesses pontos, os olhos cravados no retrato. Por fim, satisfeito com o verdadeiro segredo do seu efeito, deixei-me cair na cama. Eu tinha descoberto que a magia do quadro residia na absoluta *verossimilhança* da expressão, de início surpreendente, e que por fim me confundira, conquistara e amedrontara. Com profunda e reverente admiração, tornei a pôr o candelabro na posição original. Com a causa da minha profunda agitação assim posta fora de vista, procurei, impaciente, pelo volume que tratava das pinturas e suas histórias. Encontrando a página que se referia ao retrato oval, li as vagas e curiosas palavras que se seguem:

"Era uma donzela da mais rara beleza, não só adorável como cheia de alegria. E maldita foi a hora em que viu, amou e desposou o pintor. Ele, apaixonado, estudioso, austero e já com uma esposa, a sua Arte; ela, uma donzela da mais rara beleza, não só adorável como cheia de alegria, toda luz e sorrisos, buliçosa como um filhote de corça, que amava e cultivava todas as coisas; odiava apenas a Arte, que era sua rival; temia apenas a paleta, os pincéis e outros instrumentos inconvenientes, que a privavam da presença do seu amado. Era portanto terrível para aquela moça ouvir o pintor falando de seu desejo de pintar, mesmo que o modelo fosse a sua jovem esposa. Mas ela era humilde e obediente, e ficava sentada por dias a fio no quarto escuro e alto do torreão, onde a luz se insinuava sobre a tela pálida vindo somente de cima. No entanto, ele, o pintor, glorificava-se com a sua obra, que prosseguia hora após hora e dia após dia. Ele era um homem passional, turbulento e temperamental, que costumava se abandonar a devaneios, e assim não percebia que a luz que caía de modo tão fantasmagórico naquele torreão solitário estava consumindo a saúde e a energia vital de sua esposa, que definhava visivelmente para todos, menos para ele. Ainda assim, ela continuava sorrindo sempre, sem se queixar, pois sabia que o pintor (que era muito renomado) extraía do seu trabalho um fervoroso e ardente prazer, e labutava dia e noite para retratar aquela que tanto o amava, e, porém, ficava a cada dia mais desanimada e fraca. Na verdade, alguns dos que viram o retrato falaram de sua semelhança em voz baixa, como se fosse uma prodigiosa maravilha e uma prova, não apenas da maestria do pintor, como do seu profundo amor por aquela que ele retratara tão extraordinariamente bem. Mas aproximando-se o trabalho de sua conclusão, ninguém mais era admitido no torreão; pois o pintor se tornara possuído pelo ardor do seu trabalho e, se desviava os olhos da tela, era para observar o rosto da esposa, e nada mais. Ele não via que os matizes que espalhava sobre a tela eram sugados das faces daquela que se sentava ao seu lado. E depois que muitas semanas se passaram e pouco restava a fazer, a não ser por uma pincelada em cima da boca e um toque de cor sobre o olho, mais uma vez a energia vital da dama bruxuleou como a chama no pavio de um lampião. E então a pincelada foi dada, e o toque de cor foi aplicado. Por um momento, o pintor ficou extasiado diante da obra que criara; mas no momento seguinte, enquanto ainda a contemplava, começou a tremer e empalideceu, apavorado; e, exclamando alto, 'Sem dúvida, isto é a própria Vida!', ele voltou-se subitamente para olhar a sua bem-amada. Ela estava morta!"

O barril de *amontillado*

As mil grosserias de Fortunato, eu aguentei o melhor que pude; mas quando ele se atreveu a me insultar, jurei vingança. Vocês, que conhecem tão bem a natureza da minha alma, não irão presumir, no entanto, que proferi alguma ameaça. *Com o tempo* eu seria vingado; essa era uma questão definitivamente certa. Mas o próprio caráter definitivo da decisão excluía a ideia de risco. Eu precisava não apenas punir, mas punir com impunidade. Uma injúria permanece sem reparação quando o castigo acaba atingindo o próprio injuriado. E permanece igualmente sem reparação quando o vingador deixa de se fazer conhecido como tal por quem o injuriou.

É preciso deixar claro que não dei a Fortunato nenhuma razão para duvidar da minha boa vontade, seja por palavras ou por atos. Continuei, como de costume, a sorrir-lhe, e ele não percebeu que eu agora sorria ao pensar na sua imolação.

Ele tinha um ponto fraco, esse Fortunato, muito embora em outros aspectos fosse um homem digno de ser respeitado, e até temido. Orgulhava-se de ser um conhecedor de vinhos. Poucos italianos têm esse verdadeiro espírito de virtuosismo. Na maior parte, o entusiasmo deles é adotado de modo a se adequar ao momento e à oportunidade – para praticar a impostura contra milionários ingleses e austríacos. No que se refere à pintura e à ourivesaria, Fortunato, como seus conterrâneos, era um charlatão – mas, no assunto de vinhos velhos, era sincero. Nesse aspecto, eu não era substancialmente diferente dele: também entendia de safras de vinhos italianos e, sempre que podia, comprava-os em grande quantidade.

Foi ao escurecer de uma tarde, durante o supremo delírio carnavalesco, que encontrei meu amigo. Ele me abordou de modo exageradamente caloroso, pois tinha bebido muito. O homem estava fantasiado de bobo da corte. Vestia um traje justo, listrado, coroado pelo típico chapéu cônico com guizos. Fiquei tão contente ao vê-lo que achei que não iria mais parar de apertar-lhe a mão. Eu disse a ele:

– Meu caro Fortunato, que sorte encontrá-lo! Você está com uma aparência ótima! Recebi uma pipa de um vinho que se faz passar por *amontillado*, mas tenho cá minhas dúvidas.

– Como? – disse ele. – *Amontillado*? Uma pipa? Impossível! E no meio do Carnaval!

– Tenho cá minhas dúvidas – retruquei. – E fui tolo o bastante para pagar o preço total do *amontillado* sem antes consultá-lo a respeito. Não sabia onde encontrá-lo, e fiquei com medo de perder uma pechincha.

– *Amontillado*!

– Tenho cá minhas dúvidas.

– *Amontillado*!

– E tenho de dirimi-las.

– *Amontillado*!

– Já que você está ocupado, estou indo à casa do Luchesi. Se existe alguém capaz de um julgamento crítico, é ele. Ele vai me dizer...

— Luchesi não sabe a diferença entre um *amontillado* e um xerez.

— E, no entanto, alguns tolos andam dizendo por aí que o gosto dele é páreo para o seu.

— Venha, vamos embora.

— Para onde?

— Para a sua adega.

— Não, meu amigo, não. Não quero abusar da sua boa vontade. Estou vendo que você tem um compromisso. O Luchesi...

— Não tenho compromisso nenhum. Vamos.

— Não, meu amigo. Não é tanto pelo compromisso, é que percebo que você pegou um forte resfriado. A adega é insuportavelmente úmida, está incrustada de salitre.

— Vamos assim mesmo. É um resfriadozinho à toa. *Amontillado*! Você foi enganado. Quanto a Luchesi, ele não é capaz de distinguir entre um xerez e um *amontillado*.

Dizendo isso, Fortunato tomou meu braço. Colocando uma máscara de seda negra e envolvendo-me bem em um casacão, deixei que me levasse às pressas para o meu palácio.

Não havia nenhum criado em casa; eles tinham escapulido para se divertir em homenagem à data. Eu dissera que só iria voltar de madrugada, e dera ordens explícitas para que eles não se afastassem da casa. Sabia bem que essas ordens eram o bastante para assegurar que eles desaparecessem imediatamente, assim que eu virasse as costas.

Tirei dois archotes de seus suportes na parede e, entregando um deles a Fortunato, conduzi-o através de várias salas até o corredor abobadado que levava à adega. Desci por uma longa escadaria em espiral, recomendando-lhe cuidado. Chegamos afinal ao pé da escada e paramos por um momento sobre o piso úmido das catacumbas dos Montresor.

Meu amigo cambaleava, e os guizos do seu chapéu tilintavam a cada passo.

— A pipa – disse ele.

— Está mais adiante – disse eu. – Mas observe as teias brancas que brilham nas paredes desta caverna.

Ele voltou-se para mim e olhou-me nos olhos, com as duas órbitas embaçadas destilando as secreções da intoxicação alcoólica.

– Salitre? – perguntou ele, afinal.

– Salitre – respondi. – Há quanto tempo você está com essa tosse?

Meu pobre amigo desandou a tossir e, por vários minutos, não conseguiu dizer mais nada.

— Não foi nada — disse ele, afinal.
— Venha — disse eu, decidido. — Vamos voltar. A sua saúde é preciosa. Você é rico, respeitado, admirado, amado; você é feliz, como um dia já fui. É um homem cuja falta será sentida. Para mim, não faz diferença. Vamos voltar; você vai ficar doente, e não quero ser o responsável. Além disso, o Luchesi...
— Já basta — disse ele. — A tosse não é nada, ela não vai me matar. Não vou morrer de tanto tossir.
— É verdade, é verdade... — respondi. — De fato, eu não tinha a intenção de alarmá-lo sem necessidade... Mas você devia tomar todos os cuidados necessários. Um gole deste Médoc vai nos proteger da umidade.

Então quebrei o gargalo de uma garrafa que tirei de uma longa fileira de outras iguais que jaziam sobre o mofo.

— Beba — disse eu, oferecendo-lhe o vinho.

Ele levou a garrafa aos lábios com uma olhada marota. Calou-se um instante e balançou a cabeça para mim com um ar de cumplicidade, fazendo tilintar os guizos do chapéu.

— Bebo — disse ele — aos defuntos que repousam à nossa volta.

— E a uma vida longa para você.

Ele segurou meu braço de novo e prosseguimos.

— Estas catacumbas são enormes — disse ele.

— Os Montresor — respondi — eram uma família grande e numerosa.

— Não me lembro como é o seu escudo.

— Um enorme pé humano em ouro, sobre um campo azul; o pé esmaga uma serpente rampante* cujas presas estão cravadas no seu calcanhar.

— E a divisa?

— *Nemo me impune lacessit.***

— Ótimo! — disse ele.

---
* Em heráldica, diz-se do animal que se apresenta erguido sobre as patas traseiras e com a cabeça voltada para o lado direito do brasão. (N. T.)
** Ninguém me ofende impunemente. (N. T.)

O vinho faiscava nos seus olhos, e os guizos tilintavam. A minha própria imaginação estava sendo aquecida pelo Médoc. Tínhamos passado por paredes de ossos empilhados, com tonéis e barricas misturados, até os mais profundos recessos das catacumbas. Interrompi-me novamente, e dessa vez tomei coragem para agarrar Fortunato pelo braço, logo acima do cotovelo.

– O salitre! – disse eu. – Veja, está aumentando. Agarra-se às paredes como musgo. Estamos abaixo do leito do rio. As gotas de umidade se infiltram até os ossos. Venha, vamos voltar antes que seja tarde demais. A sua tosse...

– Não é nada – disse ele. – Vamos em frente. Mas, antes, mais um gole do Médoc.

Quebrei o gargalo de um garrafão de De Grâve e entreguei a ele, que o esvaziou de um trago. Seus olhos brilharam intensamente. Ele riu e atirou o garrafão para cima, com um gesto que não entendi.

Olhei-o surpreso. Ele repetiu o gesto – um gesto grotesco.

– Não está entendendo? – disse ele.

– Não – respondi.

– Então você não pertence à confraria.

– Como assim?

– Você não é maçom.

– Sim, sim! – disse eu. – Sim, sim!

– Você? Impossível! Um maçom?

– Um maçom – respondi.

– Dê-me um sinal – disse ele.

– Aqui está – respondi, tirando uma colher de pedreiro das dobras do meu casacão.

– Você está brincando – exclamou ele, dando alguns passos atrás. – Mas vamos ao *amontillado*.

– Vamos – disse eu, recolocando a ferramenta debaixo do casaco e oferecendo-lhe o braço de novo.

Ele se apoiou pesadamente. Prosseguimos em nosso caminho à procura do *amontillado*. Passamos por uma série de arcadas baixas, fomos descendo, continuamos em frente, descemos de novo, chegamos a uma cripta profunda onde o ar viciado fez com que as chamas dos nossos archotes se reduzissem a uma mera incandescência.

Outra cripta, menos espaçosa, apareceu na extremidade mais remota. Suas paredes tinham sido recobertas de restos humanos, empilhados até o topo da abóbada, como nas grandes catacumbas de Paris. Três dos lados dessa cripta interior ainda estavam ornamentados desse modo. No quarto, os ossos tinham sido derrubados e jaziam promiscuamente pelo chão, formando, em um ponto, uma pilha de bom tamanho. Dentro da parede assim exposta pela remoção dos ossos, percebemos um recesso ainda mais fundo, com pouco mais de um metro de profundidade, cerca de um metro de largura e uns dois metros de altura. Não parecia ter sido construído para nenhum fim em especial, formando simplesmente um intervalo entre dois dos colossais pilares que sustentavam o teto das catacumbas, com uma das paredes de granito sólido que as cercavam ao fundo.

Foi em vão que Fortunato, erguendo sua tocha mortiça, tentou espreitar o interior do recesso. A luz débil, prestes a se extinguir, não nos permitiu ver coisa alguma.

– Continue – disse eu. – O *amontillado* está lá dentro. Quanto a Luchesi...

– É um ignorante – interrompeu o meu amigo, avançando, trôpego, enquanto eu o seguia de perto.

Um instante depois, ele chegou ao fundo do nicho e, vendo seu progresso impedido pela parede de rocha, estacou, em estúpida perplexidade. Logo eu já o tinha acorrentado ao granito: em sua superfície havia dois grampos de ferro, um a pouco mais de meio metro do outro, no sentido horizontal. De um deles, pendia uma corrente curta; do outro, um cadeado. Levei apenas alguns segundos para passar a corrente pela cintura dele. Ele estava atordoado demais para resistir. Removendo a chave do cadeado, recuei para fora do nicho.

– Passe a mão sobre a parede – disse eu. – Você não pode deixar de sentir o salitre. É, de fato, *muito* úmido. Mais uma vez, tenho de *implorar-lhe* que volte. Não? Então devo, decididamente, abandoná-lo. Mas, antes, tenho de prestar-lhe todas as pequenas atenções que estejam ao meu alcance.

– O *amontillado*! – bradou o meu amigo, ainda não recuperado da sua perplexidade.

– É verdade – retruquei. – O *amontillado*.

Dizendo essas palavras, passei a revirar as pilhas de ossos de que falei. Jogando-os para o lado, logo pus à mostra uma grande quantidade de pedras e argamassa. Usando esses materiais e com a ajuda da colher de pedreiro, comecei vigorosamente a emparedar a entrada do nicho.

Mal tinha assentado a primeira camada de tijolos quando descobri que, em grande parte, a embriaguez de Fortunato tinha passado. O primeiro sinal que tive foi um lamentoso e prolongado gemido vindo das profundezas do recesso. *Não* era o gemido de um homem embriagado. Seguiu-se um longo e obstinado silêncio. Assentei a segunda camada, e a terceira, e a quarta; e então, ouvi as furiosas vibrações da corrente. O ruído durou alguns minutos, durante os quais, para poder ouvi-los com maior prazer, interrompi meu trabalho e sentei-me em cima dos ossos. Quando, por fim, cessou o tilintar, peguei novamente a colher de pedreiro e terminei, sem me deter, a quinta, a sexta e a sétima camadas. A parede estava agora aproximadamente à altura do meu peito. Fiz mais uma pausa e, segurando o archote acima dos tijolos, lancei uns parcos raios de luz sobre a figura lá dentro.

Um série de berros agudos e fortes explodiu de chofre da garganta do vulto acorrentado, fazendo-me recuar precipitadamente. Hesitei por um breve momento. Estremeci. Desembainhando a minha espada, comecei a sondar o nicho com ela; mas, depois de pensar por um instante, senti-me mais seguro. Pousei a mão sobre a estrutura sólida das catacumbas e me convenci. Cheguei mais perto da parede. Reagi ao alarido daquele ser ululante. Repercuti – e contribuí. Superei-o em volume e intensidade. Foi o que fiz, e o clamor silenciou.

Já era meia-noite, e minha tarefa estava quase encerrada. Eu já tinha completado a oitava, a nona e a décima camadas. Tinha terminado uma parte da décima primeira e última. Só faltava assentar e rebocar uma pedra derradeira. Lutei contra o seu peso; consegui depositá-la, em parte, no devido lugar. Mas então, vindo do nicho, soou um riso abafado que me arrepiou os cabelos. Seguiu-se uma voz lamentosa que, com dificuldade, reconheci como a de Fortunato. Disse a voz:

– Ha-ha-ha! Hi-hi-hi! Boa piada! Excelente piada! Vamos dar boas risadas lá no palácio... Hi-hi-hi! E quanto ao nosso vinho... hi-hi-hi!

– O *amontillado*! – disse eu.

– Hi-hi-hi! Hi-hi-hi! Sim... O *amontillado*. Mas... Será que já não está ficando tarde? Devem estar nos esperando no palácio... A senhora Fortunato e os outros! Vamos embora!

– Sim – disse eu. – Vamos embora.

– Pelo amor de Deus, Montresor!

– Sim – disse eu. – Pelo amor de Deus!

Aguardei em vão por uma resposta a essas palavras. Fiquei impaciente.

– Fortunato!

Nenhuma resposta. Bradei de novo:

– Fortunato!

Nenhuma resposta ainda. Lancei uma tocha através da abertura que restava e deixei-a cair lá dentro. Em resposta, ouvi apenas o tilintar dos guizos. Senti um aperto no coração – por causa da umidade nas catacumbas. Apressei-me em terminar meu trabalho. Empurrei a última pedra para a sua posição. Cimentei-a. Reergui o velho baluarte de ossos.

Já faz meio século que nenhum mortal o perturba. *In pace requiescat*!*

---

* Descanse em paz! (N. T.)

QUEM É RICARDO GOUVEIA?

"Não sou coisas, eu faço coisas." Essa afirmativa de Ricardo Gouveia traduz bem a versatilidade desse homem que, simultaneamente à sua carreira de ator, iniciada ainda criança, foi *boy*, balconista, técnico, vendedor, até poder entregar-se com mais afinco ao que mais gosta: as artes.

Ricardo Gouveia nasceu em São Paulo, em 1942. Formado em jornalismo, é autor de mais de trezentos roteiros para televisão e rádio, além de diversas peças de teatro pelas quais recebeu vários prêmios.

Tradutor incansável, já contribuiu para que o leitor brasileiro tivesse acesso a textos de autores consagrados, como Lewis Carroll, Edgar Allan Poe e H. G. Wells.

Escreveu vários livros para jovens e adolescentes, dentre os quais: *A ordem do futuro*, *Um conto sem fadas: o golem do Litoral Norte* e *Melinha e eu*.